주중 외교관이 경험한

차이나는

중국 이야기

주중 외교관이 경험한

차이나는

중국 이야기

정수현 글

푸른영토

중국의 속살을
여성외교관의 섬세한 시각으로 분석한 책

우한(武漢)은 사람으로 치면 중국의 배꼽에 해당한다. 지리적으로 중국의 정중앙에 위치하고 있기 때문이다. 2000여 년 전 군웅이 할거했던 중국의 중심부, 바로 그곳이다. 역사적으로 중원이라고 칭해졌던 이곳이 지금 대변혁기를 맞이하고 있다. 중국 내륙지역의 발전을 선도하고 있다고 해도 과언이 아닐 정도로 변화의 속도와 폭이 크다.

이렇게 도약하는 중국의 속살과 그 속의 우한을 외교관의 담담한 필치로 그리고 여성의 섬세함으로 분석하고 미래를 내다보는 시도가 있다. 대한민국 주우한총영사관 경제담당 영사로 근무했던 정수현 씨(외교부 다자외교과 서기관)가 장본인이다. 책 내용을 관통하는 키워드를 꼽으라면 신중국의 미래, 외교관의 열정, 젊은이를 위한 비전 제시, 인간의 고민, 겸손함 등 이다.

필자는 이 시간 중국대륙 14억 명 인구가 그토록 편리하게 사용하고 있는 거래결제시스템을 해부하고 있다. 사라져가는 '1위안 짜리 화폐'가 경제분야에 얼마나 큰 혁명을 일으키고 있는지를 말한다. 거리의 자전거를 통해서 중국의 공유제도를 설명하고 있고, 전자상거래와 쇼핑 등의 소비형태를 적나라하게 밝히고 있다.

필자는 퇴근 후 밤늦은 시간 컴퓨터 자판을 두드리면서 중국이 워낙 빨리 변하는 사회여서 혹시나 적시성이 떨어지는 내용을 담게 되지 않을까하는 우려를 했다. 외교관 신분으로 활동할 때의 경험과 기억이어서 정치적으로 적정선을 유지하기 위해 고심하고, 중국인들로부터 배운 점도 많다고 고백하고 있다.

자신의 말대로 필자는 한번 꽂히면 집요하게 파고드는 다부지고 철저한 성격이다. 이런 그의 성품이 책의 곳곳에서 느껴진다. '역마살' 체질이라고 하면서도 장기간의 해외생활이 쉽지 않았다고 실토한다. 여성외교관으로 11개월 된 딸을 남겨두고 단신 부임할 당시의 상황을 묘사할 때는 무덤덤한 것 같아 보이더니, 우한총영사관 근무중 서울 출장길에 인사부서장을 만나서 자기의 사정 얘기를 할 때 '또르르 눈물'이 흘렀다고 적고 있다.

그의 솔직함도 돋보인다. 외교부 근무를 갓 시작한 시절에

동료가 외국으로 발령났다는 소식을 접할 때 서운했지만 지금
은 지인의 인사 소식이 '오늘의 날씨' 정도로 느껴질만큼 무뎌
졌음을 털어놓는다. 책 속에서 이런 솔직한 고백을 한 것은 앞
으로 가족과 친지, 친구와 동료를 진심으로 살피고 대하겠다
는 다짐으로 받아들여졌다.

 그동안 필자를 지켜본 국내외 지인 뿐만 아니라 중국에 관
심을 갖고 있는 분들의 일독을 권한다. 책의 서문을 읽고 난 뒤
중국의 스마트산업과 공유경제로 책장을 넘기기 바란다. 한번
펼친 책을 손에서 내려놓기가 쉽지 않음을 금방 알게 될 것이
다. 독자제현과 함께 내용 전체을 공유하기를 간청드린다.

대한민국 주우한총영사 김영근

지중(知中) 외교관의 차이나는 중국 이야기

10년 전 중국에서 처음으로 장기 거주를 시작하던 때 한 지인으로부터 "중국에서 1년을 보내면 책을 쓰고, 3년을 보내면 전문가라고 자칭하고, 10년을 보내면 중국에 대해 잘 모르겠다고 한다."는 말을 들은 기억이 난다. 중국에서 정말 10년 가까이 지내다 보니 중국에 대해 아는 것이 당연히 많아졌지만 동시에 알면 알수록 양배추 속살 들추듯 모르던 새로운 중국의 면모를 보게 되면서 '내가 이 나라를 잘 안다고 자신하는 게 맞나?'라는 생각도 든다.

사실 외국인으로서의 한계와 중국이라는 거대한 나라의 복잡성을 감안한다면, 아무리 오랜 기간일지라도 단편적인 경험들을 통해서 중국을 이해한다는 것이 마치 '장님이 코끼리 다리 만지는' 수준일 수 있다. "중국의 특정 분야에 대한 전문가는 있을 수 있어도 '중국 전문가'는 있을 수 없다."고 하는 지인의 말도 큰 공감이 간다.

이 책은 10년 가까이 생활한 중국 생활 중 마지막 2년인 2016년 2월부터 2017년 1월까지 주우한 대한민국 총영사관의 영사로서 근무하던 시절의 에피소드들을 담았다. 중국은 워낙 빨리 변화하는 사회이므로 관련 내용을 소개하는 책은 금방 적시성이 떨어져 버린다는 위험이 있다. 외교관으로서 직접 보고 느낀 내용을 좀 더 자세히 기술하고 싶지만 신분의 특수성으로 인한 '정치적으로 적절한(politically correct)' 선(線)을 지키는 것도 필요했다. 그러나 '구슬이 서 말이어도 꿰어야 보배'라는 말이 있듯이 내 청춘의 여러 해를 보낸 중국에 대한 식견(識見)을 한 권의 책으로 정리함으로써 나만의 '구슬 목걸이'를 만들었다는 데 대해 큰 기쁨과 보람을 느낀다. 한국인으로서 중국에서의 생활은 어려운 점도 있지만 중국과 중국인들로부터 배울 점도 많았다. 한중간의 외교관계에 기여하고 양국 관계에서 발생하는 다양한 문제들을 처리해 오면서 중국은 내게 '애증(愛憎)이 교차하는 대상'이 되기에 충분했다.

우한(武漢)은 베이징(北京), 상하이(上海), 홍콩(香港) 등 대도시와 달리 최근 들어 크게 발전하고 있는 중국의 중부지역에 위치한 중견 도시이다. 한국에는 상대적으로 잘 알려지지 않았지만 중국의 심장부에 위치하여 중국 역사와 지리에서 매우 중요한 지역이다. 우한에서 보낸 2년간은 내가 직업적인 면에서나 정신적인 면에서 개인적으로 큰 성장을 이루어낸 소중한 시기이다. 정무(政務), 경제 및 비자 영사로서 '외교관은 멀티 플레이어'라는 수식어에 걸맞게 다양한 업무를 수행한 동시에 인생 '제2의 사춘기'인 중년(中年)을 맞아 삶에 대한 겸허한 자세도 배웠다. 이 시기에 빠르게 발전하는 도시인 중국 우한에 거주하며 중국에 대한 이해도 한층 깊어져 나의 중국 근무의 방점(傍點)을 찍은 도시가 우한이다.

늘 넓은 식견과 예리한 통찰력을 갖춘 외교관을 지향한다. 아직 부족함은 많지만 방향성을 견지하고 꾸준히 나아간다면 그곳에 궁극적으로 닿을 수 있으리라 생각한다. 둘째 여식의 장래를 항상 염려해 오신 사랑하는 부모님께 이 책을 바친다. 그리고 우한에서 '동고동락(同苦同樂)'했던 동지들인 성상원 영사님, 진종화 한국관광공사 우한지사 지사장님 그리고 송익준 코트라(KOTRA) 우한무역관 관장님께 우정과 감사의 마음을 전한다.

2018년 늦여름
정수현 올림

차례

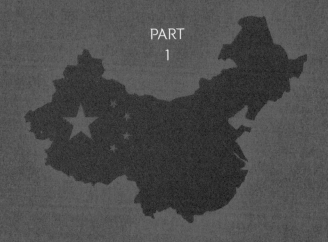

PART
1

지금 중국에서는

빠르게 발전하는 중국의 스마트 산업

바야흐로 팔월이다. 숫자 '팔'은 중국인들이 가장 좋아하는 숫자이다. 중국어로 '팔'의 발음은 '빠'인데, 이는 '돈을 번다(發財, 빠차이)'의 '發(빠)'와 음이 같기 때문이다. 돈에 대한 이야기를 공개적으로 하는 것을 가급적 삼가는 것이 한국의 미덕(美德)이라면, 중국에서는 새해를 맞아 "돈 많이 버세요(꽁시빠차이, 恭喜發財)."라고 덕담을 하는 문화이다.

지난 2008년 베이징 하계 올림픽은 팔월 팔일 오후 여덟시에 개막식을 올렸다. 화려한 LED 두루마리 족자와 수많은 인원이 동원되었던 장대한 스케일의 개막식 공연, 그리고 올림픽 공식 주제가 '베이징 환잉 니(北京欢迎你)'의 멜로디는 아직도 기억이 생생하다. 내가 막 상하이에 도착하여 최초로 중국 거주생활을 시작하며 MBA를 공부하던 때의 일이다.

올림픽이 끝나자마자 미국에서는 리먼 브라더스 은행이 파산하면서 촉발된 서브프라임 모기지 사태가 발생하였고 그로 인해 얼마 지나지 않아 세계 경제는 홀연 '금융 위기'의 침체의 나락으로 빠졌다. 학교 친구들은 수많은 신규 실업자들이 MBA 학위로 흘러 들어가기 때문에 내년 MBA 입학 경쟁률은 매우 높아질 것이라며, 올해 MBA 프로그램에 들어온 것이 '신의 한 수'였다는 농담을 했다.

2008년 나의 중국에 대한 이미지는 당시 많은 사람들이 그러하듯 '세계의 공장'이었다. 중국은 싸고 풍부한 노동력을 바탕으로 세계적 브랜드를 OEM 방식으로 공급하며 세계 제조업 상품의 대부분을 생산해 왔기 때문이다. 그런데 2008년 세계 금융 위기는 중국이 이러한 이미지를 탈바꿈하는 계기를 마련해 주었다. 중국은 2008년 10월 제7차 ASEM(Asia-Europe Meeting) 정상회의를 개최하면서 각국이 세계 금융 위기 극복을 위한 공조를 논의하는 데 있어 리더십을 발휘하는 등 정치 분야에서도 영향력을 확대해 나갔다. 2008년 세계 금융 위기의 가장 큰 수혜자는 바로 중국이었다고 할 수 있는데, 중국을 미국과 함께 'G2'로 지칭하기 시작한 것도 이 무렵부터였다.

2010년 중국의 제조업 총생산액은 미국을 추월하여 세계 1위의 제조업 국가가 되었다. 2012년 이래 중국인의 해외 관광객 수는 세계 1위로서 2015년도에는 1.2억 명의 중국인이 해외 관광을 다녀왔다. 2015년 중국의 수출액 규모는 미국을 추월하여 세계 1위를 달성하였다. 2016년에는 중국의 인민폐가 IMF 특별인출권(SDR)에 편입되었다. 최근 중국의 GDP 총액은 연간 7천만~8천만 달러의 속도로 증가하고 있어 2020년에는 약 90만억 위안(약 15만억 달러)에 달하여 세계 GDP의 14%를 점유할 것으로 예상된다. 또한 현재와 같이 순조로운 추세로 경제성장이 이루어진다는 전제 하에 2025년에 중국의 GDP가 미국의 GDP를 초과할 가능성이 있다.

이제는 'G2'로서의 중국의 위상에 의문을 갖는 사람이 별로 없을 것이다. 그런데 '세계의 공장'에서 'G2'로의 중국의 빠른 위상의 변화에 대해서는 경외심을 보이면서도 아직도 한 편에서는 'Made in China'에 대해 불신의 시각이 존재하는 것 같다. 디자인이 겉보기에는 훌륭하나 세세한 마감이 부족하고 오래 사용하면 품질이 떨어진다는 등의 비판이다. 실제로 중국에서 생활하다 보면 겉보기의 하드웨어(hardware) 측면에서는 이미 한국을 앞서 휘황찬란하기 짝이 없지만, 소프트웨어(software) 측면에서는 다소 부족하고 불편한 느낌을 많이 받게 된다. 위생 상태, 정밀함, 세련됨, 서비스 태도 등은 여전히 개선이 많이 필요한 부분이라고 보인다.

그러나 놀라운 점은 이러한 다소 부족하게 느껴지는 부분에서 조차 중국의 기술력과 경쟁력이 빠른 속도로 개선되고 있다는 사실이다. 우리가 2% 부족하다고 느끼는 부분마저 중국이 완성시켜 버린다면 우리나라는 앞으로 중국에 대해서 어떠한 우위를 유지할 수 있을지 우려되지 않을 수 없다. 또한

중국의 위챗 서비스

이미 중국이 IT 기술 분야에서 세계적으로 앞서서 빠르게 발전하고 있는 분야도 많다. 대표적으로 'QR(Quick Response) 코드 인식 시스템', '모바일 간편 결제 시스템' 등이다.

　카카오톡(KakaoTalk)이 한국의 국민 메신저라고 한다면 중국에는 위챗(WeChat, 微信)이 있다. 위챗은 텐센트社가 2011년에 최초 출시한 스마트폰 채팅 어플리케이션으로써 이용자 수가 9억 명에 육박하며 중국 스마트폰 이용자들의 94%가 상시 사용한다고 한다. 위챗에서 새 친구를 추가하는 가장 간편한 방법은 상대방 아이디의 'QR 코드'를 스캔하는 것인데, 이 'QR 코드' 스캔 기능은 스마트폰 전자결재시에도 편리하게 그대로 이용된다.

　중국 모바일 결제 시장에서 '위챗 페이(WeChat Pay)'와 '알리페이(支付宝 즈푸바오, Alipay)'는 양대 산맥을 구축하고 있다. '알리페이'는 중국의 알리바바(Alibaba) 그룹이 선보인 제3자 온라인 결제 플랫폼으로 2004년 처음 출시되었다. 고객이 '알리페이'로 결재하면 판매자의 계좌에 '알리페이' 머니 형태로 송금되며, '알리페이'는 이용자들 사이의 결제 중개업자로서 서비스를 제공하는 식이다. '알리페이'를 사용하기 위해서는 먼저 신용카드나 직불카드 등을 이용해서 스마트폰 어플 상에서 '알리페이' 머니를 충전하였다가 상점이나 개인의 QR 코드를 스캔하여 돈을 지불하면 된다. '알리페이'는 2016년 5월 현재 중국 온라인 결재 시장의 약 80%를 점유한다.

식당이나 상점에 가면 계산대에 '위챗 페이'와 '알리페이'의 QR 코드가 나란히 비치되어 있는 것을 보게 된다. 택시를 타게 되면 택시 기사의 QR 코드를 스캔하여 돈을 지불한다. 최근에는 버스나 지하철을 탈 때에도 현금이 아니라 스마트폰을 통한 모바일 결재가 가능해졌다. 서비스 비용을 지불하거나 친구와 돈을 주고받을 때에도 상대방의 모바일 '위챗 페이'나 '알리페이' 계좌로 돈을 주고받으면 끝이다.

'지갑의 실종'이나 '모바일 결재의 천국' 등이 현재의 중국을 잘 묘사하는 수식어다. 중국에서 외출시 지갑을 챙기지 않고 스마트폰만 들고 다니는 게 하도 습관이 되다 보니, 한국에 잠시 왔을 때 지갑을 깜박 두고 외출하여 택시를 탔다가 집으로 다시 되돌아오게 되어 된통 당한 적이 있다.

이러한 'QR 코드' 활용을 통한 모바일 결재는 생활과 소비의 편리함을 가져다주면서 사회의 각 영역에 빠른 속도로 침투하고 있다. 점점 더 많은 분야에서 'QR 코드'가 사용되고 있다. TV를 보다가 프로그램 공식 페이지에 접속하거나 시청자 참여를 하고 싶으면, TV 화면 위에 나타나 있는 'QR 코드'를 스캔하기만 하면 된다. 명함에도 개인이나 기업의 'QR 코드'를 삽입하여 홍보한다. 여행 서적에는 숙박업소들의 'QR 코드'가 삽입되어 있어 독자들은 'QR 코드' 한번 스캔함으로써 마음에 드는 숙박업소 예약 화면에 도달할 수 있다.

더욱 놀라는 점은 중국의 젊은 층뿐만 아니라 50~60대도 'QR 코드'를 활발히 이용하고 있다는 점이다. 재래시장에 가게 되면 가게마다 '위챗 페이'나 '알리페이' QR 코드를 붙여놓고 장사를 하고 있다. 나이 지긋한 택시 운전기사들도 마찬가지다. 일상생활을 편리하게 만들어 준다면 바로 채택하여 사용하는 중국인의 실용성을 보여주는 것 같다.

또한 시스템적으로도 중국과 같은 신흥 경제에는 기성세력의 로비나 의회의 법률과 같은 신규 분야를 제도화하는 장치들이 적다. 이 때문에 신기술이나 새로운 아이템이 나타나면 이를 방해하는 문턱이나 제지하는 힘을 만나지 않고 바로 사회 전반에 적용되어 버리기 때문에 사회의 발전과 변화가 더욱 광범위하고 빠르다. 이는 우리나라나 일본과 같이 전통적으로 신용카드 지불이 발달된 경제의 경우 스마트폰 결재 지불 시스템이 안착하는 게 더디며, 전통 택시업계의 로비로 인해 우버(uber)와 같은 승차 공유경제가 발달하지 못하고 있는 것과 큰 비교가 된다.

최근 한국에서도 논의가 많이 되고 있는 4차 산업혁명과 관련해서도 마찬가지다. 중국에서는 변호사, 의사 등 전문 직종 종사자들 사이에서 4차 혁명이 가져올 변화와 이에 따른 위기와 대처방안은 무엇인지에 대한 토론이 다양한 규모에서 빈번히 이루어지고 있는 모양새다. 한 변호사 친구는 중국의 법률 서비스 업계가 지금까지는 개인의 풍부한 경험에 의존해 왔지만 빅 데이터를 활용하여 판결문 검색과 결과 분석이 가능해지면 신참 변호사라고 할지라도 경쟁력을 갖출 수 있다며 위기감을 나타냈다.

인공지능에 의해 대체되어 당장 '자기 밥그릇'을 걱정해야 하는 업계 신참자도, 단순 노무직도 아닌 전문 고위직 등 기성 엘리트층이 4차 혁명에 대해 큰 위기감을 갖고 철두철미한 대비를 해 나가는 모습이 매우 신선하고 자극적이었다. 그런데 중국에서는 엘리트층일수록 신기술로 인한 중국의 혁명적인 과거 사회 변화의 흐름에 대해 잘 이해하고 있으며, 앞으로의 변화 흐름을 예측하고 발맞추어 나가는 것의 중요성을 누구보다 잘 느끼고 있었다.

세계를 선도하는 IT 신기술의 사회 전 계층과 각 분야에로의 신속한 파급 그리고 이에 발 빠르게 적응해 나가려는 엘리트층의 노력, 이것이 현재의 '스마트 발전' 속에서의 중국의 모습이다.

중국은 지금 나뉘쓰는 공유열풍!

우한의 오월은 일 년 중 가장 날씨가 좋은 달이다. 볕 좋은 날 야외 테라스에 앉아 아이스커피 한 잔을 즐기자면 프랑스 파리가 부럽지 않다. 겨울을 지나 봄 초까지 이어지던 심각한 미세먼지도 이젠 좀 잦아들어 앞으로 몇 달간은 크게 걱정하지 않아도 되는 수준이다.

이런 좋은 날씨에 걸맞은 새로운 취미가 내게 생겼다. 바로 자전거 타기이다. 우한은 산이나 언덕배기가 없는 평평한 지형이다 보니 자전거 초보가 자전거 타기에 최적의 조건이랄까. 퇴근 후에는 자동차 운전을 하기보다는 자전거를 타고 집에 돌아온다. 저녁 식사 후에는 어둑어둑한 밤길을 자전거로 달려 세 블록 정도 떨어진 커피숍에 들러서는 한가롭게 책을 읽다 돌아온다. 주말에는 우한 시내의 큰 호수인 둥후(東湖) 주변 '그린웨이'를 자전거로 돈다. 좋은 날씨 탓인지 길거리에는 나와 같은 자전거 족(族)들이 적지 않다.

하루는 우창(武昌)지역에 놀러 갔다가 한커우(漢口)지역으로 돌아오는 길을 자전거 타기로 도전해 보았다. 강남(江南)에서 강북(江北)으로 이동하는 것이므로 중간에는 창장(長江, Yangtze River)을 건너기 위해 페리를 타야 한다. 페리 선착장 앞까지 자전거를 타고 와서는 주차해두고 페리를 탔다. 페리에서 내려서는 다시 길가에 보이는 새로운 자전거를 찾아 타고 집 앞까지 도착했다. 1시간 반의 여정을 마친 후 운동을 충분히 했다는 뿌듯함이 가슴속을 채웠다. 집 앞에 도착해서는 적당한 장소를 찾아 자전거를 세워두고 자물쇠를 채우는 수고도 하지 않은 채 떠난다.

그렇다. 이 자전거는 내 소유가 아닌 빌린 자전거이다. 게다가 '공유 자전거'이다. 필요하면 길가에서 찾아 집어타고, 다 타고난 후에는 길가에 적당히 세워두고 떠나면 된다.

수십 년 전 중국에 대한 전형적인 이미지는 새벽 천안문 앞을 지나가는 자전거 출근족의 모습이 아니었나 싶다. 벌써 참 옛날 이야기다. 한때 중국의 대로를 종횡무진하던 자전거 떼들은 가파른 경제성장에 힘입어 빠르게 자동차와 전동차들에 의해 점차 대체되어 나갔다. 내가 베이징에서 근무하던 2011~2013년에는 이미 도심에서 자전거를 타는 사람은 소수였고, 도로 갓길은 넘쳐나는 자동차들의 주차장이 되어가고 있었다.

한 신문기사에 따르면, 우한시만 하더라도 2015년도 말 차량 대수는 227만 대에 달하였는데, 이에 2016년 한 해 동안 새로이 1/5에 해당하는 41만 대가 증가하였다고 한다. 현지 친구들은 급격한 차량 대수 증가로 우한시의 교통 체증이 날로 심각해지고 있다며 울상들이다.

이러한 중국 사회에 공유 자전거의 등장은 '자전거의 귀환'이라 불리기에 충분했다. 2016년 하반기부터 각기 다른 자전거 브랜드를 상징하는 주황색, 노란색, 파란색 등의 자전거들이 도심 거리에서 하나 둘씩 눈에 띄기 시작하더니 순식간에 길거리에서 수많은 자전거들을 찾아볼 수 있게 되었다. 이에 따라 인터넷상에서는 2016년을 '중국의 공유 자전거의 원년'이라고 칭하기도 한다.

공유 자전거를 이용하는 법은 매우 간단하다. 우선 스마트폰에서 공유 자전거 어플을 다운 받고 신분증을 사진 찍어 보내 가입 신청을 한다. 스마트폰으로 인증을 받고 다소간의 보증금을 지불하면 회원가입을 완료한다. 어플을 이용하여 자전거의 실시간 위치를 검색하면 주변에 있는 자전거를 찾아낼 수 있다. 자전거에 부착되어 있는 QR 코드를 스캔(scan)하면 잠금장치가 자동으로 풀리면서 바로 자전거를 탈 수 있게 된다. 요금은 최초 30분에 1위안(2018년 8월기준, 약 163원)에 1시간을 초과할 때마다 1위안을 추가로 지불하는 수준이다.

공유 자전거의 등장 이전에도 우한시가 운영하던 자전거 대여 시스템이 존재했다. 중국 지자체가 주도하는 자전거 대여 시스템이 존재했었다. 길거리에 자전거 스탠드가 설치되어 자전거를 빌리고 제자리에 반납하는 식이었다. 그런데 길거리에 보면 자전거들은 대부분 그대로 세워져 있고 실제 이용하는 사람들이 많지 않았다.

공유 자전거의 경우 고정 스탠드 없이 아무 데나 세워두는 것이 가능하니 자유롭다. 등록 절차 또한 정부 자전거 시스템보다 훨씬 간단하다. 공유 자전거가 보급되자 정부가 설치했던 자전거와 스탠드는 시민들로부터 외면을 받고 영영 사라지고 말았다.

공유 자전거는 나에게는 새로운 취미인 면이 크지만, 사실상 많은 중국인들에게는 교통 보조 수단적인 면이 크다. 우한의 지하철역과 버스 정류장 간 이동, 아니면 지하철이나 버스 이용 후 최종 목적지까지 '마지막 1km'를 빠르게 이동하게 해주는 저렴하면서도 간편한 교통수단인 것이다.

공유 자전거가 처음 출시되자 사람들로부터 큰 인기를 끌고 너도나도 다 이용하다보니 수요에 비해 공급이 턱없게 부족했다. 그러더니 몇 개월이 지나자 다양한 브랜드의 공유 자전거들이 우후죽순 생겨나 도시 전체가 자전거로 넘쳐나기 시작했다. 공유 자전거 시장이 급격히 팽창하다보니 여러 업체가 이 사업에 뛰어들었고 서로 시장 점유율을 높임으로써 시장을 제패하려는 경쟁이 심화된 것이었다. 우한만 그런 것이 아니라 중국 전역이 유사한 상황이었다. 나는 어디서 이 많은 자전거

중국 공유 자전거 업체 '모바이크(mobike)'

들을 순식간에 뚝딱뚝딱 만들어내는 건지도 신기하기 짝이 없었다.

한동안 각 업체들마다 자전거 무료 이용 쿠폰을 남발하더니 어느 업체는 부도가 나서 이용객들이 보증금도 돌려받지 못했다는 소식도 들렸다. 그리하여 여러 업체가 정리되고 2017년 5월 우한시에서 정상적으로 운영되는 공유 자전거 업체는 '모바이크(mobike)', '오포(ofo)', '헬로우바이크(hellobike)'의 3개 브랜드로 압축되었다. 공유 자전거의 총 수는 70만 대 그리고 공유 자전거 스마트폰 어플 가입자는 800만 명에 달했다.

처음에는 참신한 상품으로 환영받고 칭송받던 공유 자전거였는데, 본격 출시된지 몇 달 후 부터는 공유 자전거는 도시의 공해물로 변질되어 갔다. 특히 주요 지하철역이나 상점 앞에 무질서하게 세워진 자전거들은 행인들에게 큰 불편을 끼쳤다. 또한 일부 몰상식한 사람들에 의해 자전거의 QR 코드가 손상

되거나 바퀴나 핸들이 사라진 경우도 많이 보였다.

나는 "이런 문제에 왜 지자체 정부가 서둘러 나서지 않는 가?"란 의문이 들었다. 한국에서 유사한 문제가 발생했더라면, 아마도 진즉에 시민들이 청원하고 언론에서 크게 보도하여 정부가 어떤 식으로건 바로 개입하여 문제들을 빠른 속도로 정리하고 관리했을 것이다.

중국의 경우에는 조금 달랐다. 새로운 비즈니스 모델이 출시된 직후 수개월 간은 기업 간의 자율 경쟁과 강육약식(强肉弱食)의 자연도태의 법칙이 우선 적용되었다. 정부는 이 과정에서 수수방관하는 듯이 보였다. 한 중국 변호사 친구의 말을 빌리면, 중국 법령에 의해 수량이 제한되는 자동차와는 다르게한 도시가 필요로 하는 정확한 자전거의 수량을 파악하는 일이 쉽지 않으며, 이에 따라 자전거의 수량을 제한하는 법률적 행정적 근거가 만들어지는 데 시간이 소요되는 것이다.

공유 자전거가 출현한 지 1년이 다 되어가자 어느 정도 이를 관리하는 시스템이 구축되기 시작했다. 무한정 자전거 대수를 늘리는 것 같아 보이던 업체 간 경쟁도 한결 누그러진 모양새다. 길거리의 자전거들을 관리하는 '공유 자전거 관리 요원'이라는 새로운 타이틀의 직업도 생겨났는데, 실로 공유 경제는 일자리 창출에도 큰 기여를 한다. 지자체 정부의 개입과 조정도 가시화되었다. 우한시 경찰국(公安局)은 공유 자전거 업체들을 모아 관리 강화를 위한 회의를 개최하고 각 업체당 보급대수를 제한하는 실질적인 조치를 취하기 시작했다.

주요 공공장소에는 공유 자전거 주차 금지 구역이 설정되었다. 우한시 경찰국(公安局)은 각 업체들과 정보를 공유하여 자전거를 무단 주차하거나 교통신호를 위반한 이용자들의 리스트를 작성하고 발표하여 이들에게 짧게는 1주, 길게는 1개월간 자전거 이용을 금지시켰다.

중국에서 공유 자전거가 처음 등장하여 도시의 일부로 자리를 잡아가는 데 1년이라는 시간이 걸렸다. 시민들의 수요가 이 사업을 발전하게 하는 원동력이 되었고 이러한 수요에 부응하는 여러 기업들이 생겨나 새로운 도시 문화를 창출했다. 먼저 수요 공급의 원리와 기업 간 자율 경쟁 시스템이 운영되어 자연적으로 몇 개의 기업들만 살아남고 나머지는 도태되어 자체 정리가 되었다. 새로운 아이템이 가져온 사회적 문제가 부각되어 개입을 하지 않을 수 없게 된 후에야 지자체 정부가 개입하기 시작했고, 그 과정에서 기업과 정부가 협조하는 시스템이 구축되었다. 이 일련의 과정을 지켜보면서 중국의 사회 분위기는 꽤나 합리적이어서 기업들이 창의성을 충분히 발휘할 수 있는 공간을 마련해 준다는 생각이 들었다.

중국의 공유 경제는 2016년경부터 기존 전통적인 경제의 빈틈을 파고들어 일반인들의 생활에 폭발적인 영향력을 발휘하고 있다. 자전거 이외에도 공유 승차, 공유 스마트폰 배터리, 공유 자동차, 공유 우산 등 다양한 분야에 확산되어 있다. 공유 차량의 경우 여러 업체들이 서비스를 제공하고 있지만 그 중 'GetPony'라는 어플은 소형 전기 차량에 주력한다. 베이징, 상하이, 광저우 등 주요 대도시에서는 교통체증과 환경오염에 대응하여 차량 번호판 발급 관리를 통한 운행 차량 수를 엄격히 제한하고 있는데, 전기 차량의 경우에는 이러한 제한을 받지 않는 빈틈을 파고든 것이다.

사람들의 불편을 해소해 주거나 사람들의 니즈(needs)를 만족시켜 주는 모든 것들이 비즈니스 아이템이라는 말이 있지 않는가. 2016년 8월 중국 우버(uber)를 인수한 '디디추싱(滴滴出行)'은 승차 공유 서비스를 제공함으로써 일반인들이 길거리에서 택시 잡는 어려움을 해소해 주었다. 공유 자전거는 시민들이 목적지까지 '마지막 1km'를 빠르고 쉽게 이동하는 문제를 해결해 주었다. 중국 내 교통체증 문제를 해소하고 도시의 대기 질을 개선시키는 데도 기여한다.

공유 배터리는 빨리 방전되어 버리는 특징을 갖는 스마트폰 배터리의 불편함을 개선시켜 충전이라는 니즈를 충족해 주었다. 앞으로 중국에서 어떠한 기발한 공유 경제 아이템이 출현할 것인지, 이들이 또 일반 시민들의 삶을 얼마나 편리하고 윤택하게 바꾸어 놓을 지가 무척 기대되어 마지않는다.

매일매일 다르다, 중국 우한

우한에 온 2016년 2월, 내가 거주하는 아파트 앞 사거리는 지하철 공사가 한창이었다. 퇴근 후에든 주말 아침이든 이어지는 이유를 알 수 없는 소음으로 며칠간 밤잠을 설친 후 이웃과 대화하면서야 비로소 그것이 주변 지하철 공사 소음이라는 것을 알게 되었다. 나는 또다시 방을 바꾸는 이사가 귀찮아서 몇 달을 참아 내다가 결국 백기를 들고 말았다. 번거롭기는 했지만 햇볕이 잘 드는 남향에 지하철 공사 반대편인 소음이 없는 방으로 이사하고 나니, 천국이 따로 없었다.

집 앞 대로변의 지하철 신규 노선의 공사 완료 목표 시기는 2016년 12월 말이었다. 나와 동료들은 지하철이 과연 목표 시기를 맞추어 완공될 것인지 촉각을 곤두세우며 궁금해 했다.

매일 그 앞을 지나다니기는 하나 외관상으로만 보면 별달리 큰 진척이 보이지 않았기 때문이었다. 그런데 12월 28일이 되니, 마법처럼 지하철 출입구가 생겨나고 지하철이 정식 개통되었다. 누가 중국을 '만만디'라고 했던가. 다들 중국이 한번 한다고 하면 해 내는 것을 보고 놀랐다.

비슷한 시기에 우한시가 2년 넘게 공사를 벌여 재건한 한커우(漢口)의 '중산대도(中山大道)'의 공사도 완료되었다. 한커우지역에는 지난 20세기 초에 영국, 프랑스, 러시아, 독일, 일본 등 5개국의 조차지를 비롯하여 12개 국가의 영사관과 100여 개의 외국 은행들이 존재했다. 1858년 영국이 청나라를 압박하여 텐진(天津) 조약을 체결하고 한커우(漢口)를 강제 개항했다. 1861년 영국이 한커우에 최초로 조차지를 설정한 이래, 1896~1897년간 독일, 러시아, 프랑스 또한 청나라에 일본을 압박하여 랴오둥 반도를 되찾아온 공을 인정해 달라고 하면서 한커우에 조차지 설치를 요구한다. 일본도 뒤를 이은 1898년에 한커우에 조차지를 설치한다.

이에 따라 현재 한커우에는 110년의 역사를 지닌 상하이의 '와이탄(外灘)'과 흡사한 유럽풍의 역사적인 건축물들이 일부 남아 있다. 이러한 건축물들은 중국 정부에 의해 '전국 중요 문화재 보호단위'로써 보호되고 있는데 우한시가 이들을 일부 복원하고 주변의 상가들을 깨끗하게 정리하는 도시환경징비 업무를 2016년 말에 완성한 것이다. 거대한 공사판 같기만 했던 우한시는 지하철 공사와 도시 환경정비 사업이 차례로 일단락되면서 새로운 도시의 면모를 드러내기 시작했다.

우한시의 또 다른 야심찬 도시 환경정비 사업은 둥후(東湖) 그린웨이(Green way) 프로젝트였다. 둥후는 우창(武昌)지역에 위치하는 면적이 33km²인 호수로써 항저우의 시후(西湖)의 6배에 달한다. 중국 내 가장 넓은 도심 호수 중 하나라고 알려져 있다. 처음 보게 되면 그 크기에 놀라서 이게 호수인지 바다인지 잘 구분이 되지 않을 정도이다. 우한시의 명문 대학인 우한(武漢)대학, 화중과기(華中科技)대학, 우한지질(武漢地質)대학 등 여러 대학들이 둥후가에 위치해 있다.

또한 마오쩌둥의 며느리인 소화(邵華)는 저서 《우리들의 아버지 마오쩌둥》에서 마오쩌둥이 중화인민공화국 성립 이후 베이징 외에 가장 오랜 시간을 보낸 곳이 바로 후베이성의 둥후가의 별장이었다고 기록하고 있다. 마오쩌둥은 매년 2차례씩 짧게는 10일에서 15일, 길게는 반년을 우한에 내려와서 둥후 별장에 머물렀다고 전해진다.

둥후 그린웨이 프로젝트는 우한 토지그룹이 투자하여 2015년 12월에서 2016년 12월까지 진행된 둥후 주변의 환경 녹화 사업이다. 그린웨이는 둥후 주변을 감싸는 총 28.7km에 달하는 자전거 도로로써 둥후 주변의 주요 관광명소를 이어준다. 1년 만의 공사를 통하여 원래는 차들이 다니던 도로를 자전거 도로와 보행자 도로로써 재정비하고 호수가에 나무 등이 어우러진 아름다운 자연경관을 조성해 낸 것이다.

둥후 그린웨이가 개통되었다는 말을 듣고 자전거를 타러 가

보았더니 이미 자전거를 타려고 나온 시민들이 인산인해(人山人海)를 이루고 있었다. 도시가 발전하면서 우한시민들의 휴식과 레저에 대한 수요도 높아져 가는 것이었다. 아름다운 둥후그린웨이는 우한시 시민들이 휴식과 여가를 위해 즐겨 찾는 시내 명소로 자리매김하며 성공적인 도시 정비 사업 케이스 중 하나가 되었다.

우한시 정부의 2015년 고정자산 투자액은 7,680억 위안(2018년 8월 기준, 약 125조 원)이었는데, 이는 중국 주요 도시 중에서 가장 큰 규모였다. 이 어마어마한 투자액이 주로 지하철 건설과 다양한 도시 정비 사업에 지출되었다. 우한시의 발표에 따르면, 도시개발을 위해서 우한시는 고정자산 투자액 규모를 향후 매년 8,000억 위안 이상의 규모로 유지해 나갈 것이다. 지하철 또한 향후 5년 내 20호선까지 짓겠다고 하니 매우 야심찬 계획이다.

어느 새로운 도시를 가보게 되면 공항 시설과 공항에서 도심으로 들어오는 길이 그 도시의 첫 인상을 크게 좌우하는 것 같다. 내가 우한에 처음 도착했던 날 나름 큰 기대를 안고 내린 우한 톈허(天河) 국제공항은 청사가 매우 협소하고 낡았다. 짐이 나오는 트레일러도 딱 두 군데 뿐이어서 사전에 우한이 나름 규모가 큰 도시라고 들었던 나는 다소 놀라고 말았다. 공항에서 시내를 들어오는 길에서 보이는 도시의 모습에서도 낡은 건물들이 눈에 많이 띄었고 여기 저기 어수선한 공사판이었다.

좀 더 우한생활이 지난 이후에는 최근에 지어져서 국제공항 청사보다 훨씬 큰 규모를 자랑하는 국내공항 청사와 으리으리한 고속철 역에도 가보게 되었다. 또 우한시는 국제공항 청사를 새로이 지어 2017년 7월에 개통했다. 이는 중국 중부지역에서 가장 규모가 큰 국제공항 청사이다. 앞으로 우한의 텐허(天河) 국제공항에 도착하는 외국인들의 우한에 대한 인상도 그 전과는 다르게 많이 좋아질 것이다.

중국은 2016년 선진 7개국(G7), 유럽연합(EU), 신흥시장 12개국 등 세계 주요 20개국을 회원으로 하는 협의체인 G20 회의의 의장국을 맡았기 때문에 일련의 G20 회의들이 모두 중국에서 개최되었다. 9월에 항저우에서 개최된 'G20 정상회의'뿐 아니라 정상회의를 준비하기 위한 'G20 셰르파(sherpa) 회의' 또한 베이징(1월), 광저우(4월), 샤먼(6월) 그리고 우한(10월)에 연이어 개최된 것이다. 정상회의는 대통령, 총리 등과 같이 국가 지도자들이 참석하는 회의이고, G20 셰르파 회의는 국가 지도자가 임명한 외교·경제·금융 분야의 고위인사인 각국의 '셰르파'들이 모여 정상회의 준비를 한다고 보면 된다.

2016년 10월 G20 제5차 셰르파 회의는 우한시에서 개최되었다. 이로 인해 우리 외교부 고위인사를 비롯한 본부 대표단이 우한을 방문하게 되었다. 그 지역을 방문하는 대표단의 수는 한국과의 교류의 양을 상징적으로 보여주는 것이리라. 베이징 근무 시절엔 일주일이 멀다하고 여러 부처, 국회, 학계, 연구소 등 대표단이 방문하기에 이들을 맞고 보좌하는 일이 평소의 일에 추가되곤 했다. 그런데 상대적으로 우한은 직항 노선이 있는 데 비해 한국의 대표단을 치를 일이 많지는 않다. 나는 오랜만에 외교부 동료들을 만나는 것이 무척 반갑게 느껴질 정도였다.

공항에서 대표단을 맞아 시내의 호텔까지 이동하는 차량 안에서 나는 다소 들뜬 기분으로 우한의 지리, 역사, 발전 상황, 우리 진출 기업, 교민 수 등에 대해 열심히 브리핑을 했다. 그때 대표단 중 한 분이 다소 의아하다는 표정을 지으며 어떻게 우한시가 이번 국제회의를 유치하게 된 것이냐고 묻는 것이었다. 이제껏 이 회의를 주최한 베이징, 항저우, 상하이, 샤먼 등 도시와 비교할 때 우한이 처음 보기에 너무 별 볼 일 없게 느껴졌는지도 모르겠다.

중국의 1선(1線) 대도시가 보여주는 모던함과 세련됨과는 달리 우한은 지방 도시 느낌이었을 게 틀림없다. 게다가 우한이 한국인들에게 지명도가 높은 도시도 아니다. 나는 우한시가 최근에 얼마나 중국 중부지역의 중심도시로서 위상이 높아지고 빠르게 발전하고 있는지를 열심히 소개했다. 사실 한 도시의 실력은 첫 인상만으로는 가늠할 수 없는 일이지 않은가.

실제로 G20 제5차 셰르파 회의에는 총 27개의 국가와 9개 국제기구에서 400여 명의 국내외 대표들이 참석하였으니 그 규모, 참석 대표급 등의 면에서 우한시가 유치한 역대급의 국제회의였다. 우한시는 이런 기회를 충분히 활용하여 도시의 좋은 이미지를 홍보하고자 회의 준비를 열심히 한 모습이었다. 대표단의 숙소도 시내에서 제일 고급이라고 하는 완다(Wanda) 호텔이었다. 또 저녁 시간에는 각국 대표단을 위해 '한쇼(漢秀, Han Show)'를 준비했다. '한쇼'는 우한을 방문하는 사람들은 한 번은 꼭 볼만하다고 하는 서커스 쇼인데, 배우들은 공중에서 서커스 묘기를 보이다가 다이빙을 해서 수 미터 깊이의 풀장인 무대 아래로 떨어지곤 했다. 정말 처음 보게 되면 그 독창성과 스케일에 감탄하여 입이 딱 벌어지곤 한다.

그 외에도 우한시 정부는 회의 내내 엄청나게 신경을 쓰며 대표단을 주도면밀하게 대접했다. 2박 3일의 일정을 마치고 우한을 떠나는 우리 대표단의 표정은 도착할 때와 달리 만족스러운 미소를 띠었다.

내 전임자가 3년의 우한 근무를 마치고 다른 국가로 발령받아 이동하면서 "떠날 때가 되니 우한시가 너무 좋아졌다."고 연신 아쉬움과 경탄을 마지못했던 기억이 떠오른다. 나도 우한을 떠날 때 비슷한 느낌이었다. 매년 경제성장률이 8% 이상 폭발적으로 성장하는 도시의 변화가 어떠한지를 몸소 체험하며 하루하루 살았기 때문이다.

우한시의 표어는 '우한, 매일 다르다(武漢, 每天不一樣, Wuhan, Different everyday)'이다. 우한에서 생겨나는 새로운 변화상을 확인할 때마다 나는 동료들과 "우한은 매일 다르니까."라며 이 표어를 떠올리며 웃곤 했다.

사실 중국 내에서 급속도로 발전하고 있는 도시는 우한 뿐만은 아니다. 중국 내 각 성회(省會, 성 정부 소재지) 도시들은 각

성(省)의 자원들을 중앙집권적으로 흡수하여 빠르게 발전 중에 있다. 중국에는 이미 인구가 2천만 명 이상인 도시가 3개, 1천만 명에서 2천만 명 인구 사이의 도시가 10개, 5백만 명에서 1천만 명 인구 사이의 도시가 74개, 1백만 명에서 5백만 명 인구 사이의 도시가 174개나 된다. 머지않은 미래에 중국에는 서울과 유사한 인구 규모와 역량을 갖춘 도시들이 십여 개나 될 것이라니, 중국의 급속한 발전 기세는 경이롭기도 또 두렵기도 하다.

대한민국을 능가하는 중국의 쇼핑문화

나는 생활에서 꽤나 아날로그(analog)적인 면이 있는 사람이다. 그 이유는 1주일에 한 번씩은 정기적으로 대형마트에 직접 가서 장을 보기 때문이다. 우한에 오기 전 일본 나고야생활에서 체득한 습관일지도 모르겠다. 일본에도 나와 같은 아날로그적인 사람들로 넘쳐난다. 생각해 보면 5~6년 전 베이징에서 살 때도 유사한 패턴이었다. 그런데 문제는 우한에서 나름 시내에서 제일 럭셔리한 수입상품이 제일 많은 마트라고는 해도 베이징에서 자주 이용하던 'Jenny Lou's'와 같은 수입 전문마트에 비해 원하는 식재료들이 터무니없이 적다는 것이었다.

우한생활에 적응이 좀 되어갈 때쯤 봤더니 나보다 일찍 우한생활을 하고 있는 총영사관의 한국 직원들은 전부 '타오바오(taobao, 淘寶)'를 이용하여 온라인에서 장을 보고 있는 것이 아닌가. 생수, 휴지, 한국산 라면, 스팸 등만 구입하는 줄 알았더니 심지어 김치, 돼지고기, 야채 등 식재료들도 '타오바오'에서 구매하고 있었다. 내가 중국을 떠나 있던 몇 년 사이에 중국 내 쇼핑 패턴이 오프라인에서 온라인으로 대세가 완전히 변한 것이었다.

나도 기존의 아날로그에서 벗어나 스마트한 디지털 온라인 쇼핑의 세계로 들어가 보자고 했다. 처음에는 스마트폰을 한참 들여다보며 중국어로 된 긴 설명과 후기들을 읽어가며 온라인 쇼핑을 하는 게 세상 귀찮기가 따로 없었다. 그런데 일단 그 부분이 익숙해지고 나니 '타오바오'는 정말 없는 게 없는 쇼핑의 천국이었다. 상품의 종류가 너무 많아서 고르는 품이 너무 많이 드는 게 고생일 정도고, 고르다 보면 몇 시간이 후딱 가버린다. 그리고 가격 또한 오프라인에 비해 너무 저렴한 게 아닌가. 최근에는 '타오바오'에서 '직구'하는 한국인들도 많아졌다고 하는데 중국 제품의 질도 과거에 비해서는 훨씬 좋아졌고, 가격 또한 한국에 비해 너무 저렴하다. 동료 영사 한 분은 매주 '타오바오'에서 택배를 수령하는 재미에 들리더니 상품의 구체 명칭을 공부하느라 중국어 달인의 경지에 올랐을 정도였다.

다국적 회계컨설팅 기업 PWC의 보고서에 따르면, 중국은 2015년 기준 중국 내 온라인 쇼핑 인구는 4.48억 명에 달하고 온라인 쇼핑 분야에서 글로벌 평균보다 3년 앞서 있다고 한다. 미래의 세계적인 온라인 소비 트렌드를 이해하려면 중국을 먼저 이해해야 하는 상황인 것이다. 매달 1회 이상 스마트폰으로 쇼핑한다고 응답한 전 세계 응답자는 28%에 불과한 반면, 중국인 응답자는 65%에 달한다. 또한 2015년 기준 매일 온라인 쇼핑을 한다고 응답한 전 세계 응답자는 7.1%인 반면, 중국인 응답자는 이의 2.5배인 19.6%에 달한다.

중국 내 온라인 쇼핑이 대세로 자리 잡으면서 오프라인 매장에서 구매하는 소비자는 감소하는 추세이기는 하나, 많은 소비자들은 오프라인 매장을 먼저 둘러보고 제품을 확인한 후에 온라인 구매를 하는 경우가 많아졌다. 브랜드 입장에서는 온라인 매출에 역점을 두되 오프라인 매장 운영도 중시할 수밖에 없는 상황인 것이다.

중국인들의 소비패턴에도 보다 양질의 서비스를 중시하고, 양보다 질을 중시하며, 특색 있고 혁신적인 상품에 관심을 갖는 등의 변화가 나타나고 있다. 겉치레를 중시하는 중국인들의 특성상 과거에는 중국 추석에 중국인들이 즐겨 먹는 '월병'을 선물을 받아도 거대한 포장을 한참 뜯어야 알맹이가 나왔다면, 최근의 포장 기술은 한국식과 별반 차이 없게 매우 세련되었다. 과다 포장과 같은 불필요한 낭비보다는 녹색(green) 그리고 친환경(eco-friendly) 상품으로의 이동도 새로운 추세이다.

중국 내 '타오바오' 다음으로 판매액이 많은 전자상거래 업체는 '징둥(京東, JD.com)'이다. '징둥'은 짝퉁 물건을 척결하고 정품 보장을 확실히 해주는 마케팅 방법을 사용하여 소비자들

중국 타오바오 홈페이지

로부터 높은 신용도를 유지하고 있다. 주변의 중국 친구들 중에서도 전자 기기, 가전 제품 등과 같은 비교적 고가의 상품을 구매하는 경우 '징둥'을 이용한다고 하는 사람이 많다.

또한, '징둥'은 오전에 주문하면 당일 오후에 바로 물건을 받아 볼 수 있는 빠른 배송 속도를 자랑한다. 이는 '징둥'이 주요 도시 내에 대형 물류 창고를 설치하여 상품들을 미리 가져다 놓고 파는 전략을 사용하기 때문이다. '징둥'은 야채, 과일, 의약품, 꽃, 케이크 등을 주문한 후 1시간 내로 배달해주는 어플인 '징둥이 집으로 도착하다(京東到家)'도 운영하고 있다. 8위안 정도의 배송료만 추가하면 배달을 희망하는 주변 지역의 상점으로부터 그 물건을 사서 1시간 내에 배달해 주는 어마어마한 서비스이다.

중국에서 일반 택배 가격 또한 매우 저렴하다. 한번은 내가 감기에 걸려서 목이 잠기고 기침을 시작하였다는 얘기를 들은 중국 친구가 순펑(順奉, SF Express) 택배를 통해 바로 내 사무실로 약을 보내온 적도 있었다. 중국 내 1위 택배사인 순펑 택배를 포함하여 윈다(韵达) 택배, 위엔통(圓通) 택배, 선통(申通) 택배, 티엔티엔(天天) 택배, 중통(中通) 택배 등 여러 택배 회사들이 경쟁하는 체제인데, 택배비는 가까운 거리의 경우 8위안에 지나지 않는다.

2017년 일일 평균 3억 명의 중국인들이 택배 서비스를 이용했다고 한다. 중국의 택배 업무량은 이미 미국, 일본 및 EU를 넘어서 4년 연속 세계 1위를 차지하고 있으며, 이는 전 세계 택배 업무량의 40% 수준이다. 중국 내 택배 기업 수는 약 2만 개이며, 업계 종사자는 200만 명이 넘는다. 또한 서비스 수준도 나날이 개선되어 2017년 전국 택배 서비스 만족도는 75.7점이고, 정시 도착률은 78.7%에 이른다.

스마트폰 어플을 통한 음식 배달 서비스의 발전은 중국 내 또 다른 새로운 트렌드이다. 우리나라의 경우에는 과거부터 중화요리와 같이 배달음식을 시켜먹는 것이 보편화되어 있었지만, 중국의 경우는 다르다. 2010년에 베이징에서 집으로 배달시켜 먹을 수 있는 요리라고 해봤자 피자헛(Pizza Hut) 정도였던 것 같다. 이제는 중국인들의 85%의 소비자들이 인터넷으로 음식을 배달시켜 먹는다고 하니 작지 않은 변화이다.

중국에는 '다중디엔핑(大衆點評)', '메이퇀(美團)', '어러마(餓了麽)'

와 같은 다양한 음식배달 스마트폰 어플들이 있다. 총영사관의 중국인 행정 직원들은 점심시간 전에 미리 이러한 어플들로 점심을 주문하곤 했다. 볶음밥, 피자, 햄버거, 샐러드 등만 먹는 줄 알았더니 뜨거운 국물이 있는 마라탕(麻辣燙), 국수, 각종 찌개류도 배달시켜 먹는 게 아닌가. 맛은 있겠지만 일회용 용기의 환경 호르몬을 고려하면 자주 시켜먹으면 건강에 좋지 않을 수 있겠다는 생각도 든다.

페이셜 마사지, 바디 마사지, 매니큐어, 눈썹 연장, 헤어와 화장 서비스 등을 직접 샵에 찾아가지 않고도 자택 방문 서비스로 집에서 편안하게 이용할 수 있는 기가 막힌 스마트폰 어플도 있다. '허리쟈(河狸家)'라는 어플은 서비스를 제공하는 사람과 연결을 시켜주고, 내가 희망하는 시간에 자택방문 서비스 예약을 할 수 있게 해준다.

나는 매니큐어 서비스를 이용해 본 적이 있는데, 외출할 필요 없이 집 소파에 앉아 편안한 자세로 TV를 시청하거나 책을 읽으며 손톱 손질을 받을 수 있었다. 가격 면에서도 오프라인과 별반 차이가 없었다. 특히 임산부와 같이 거동이 불편하거나 어린 자녀가 있어서 집을 비우기가 쉽지 않은 여성들의 경우에 이 어플을 강력하게 추천해 본다.

나는 네일 디자이너에게 저녁 시간에 낯선 집을 처음 방문하는 것이 걱정되지 않느냐고 물었다. 혹시라도 나쁜 의도를 가진 사람이 집으로 부르지나 않을런지. 그런데 뜻밖에도 디자이너는 안전 문제에는 크게 염려해본 적은 없으며 주위 동료들이 안 좋은 경험을 당했다는 얘기를 들은 적도 없다고 하며 크게 개의치 않아 하는 분위기였다.

또 신발, 가죽옷, 가방 등을 전문적으로 클리닝해주는 서비스도 있다. 어플을 이용해서 클리닝이 필요한 물품을 선택하고 모바일 결재로 지불을 완료하면 택배 기사가 집에 와서 물건을 수거해 간다. 클리닝을 마친 후 다시 택배로 물건을 보내준다. 운동화의 경우에는 30위안~70위안 정도이고, 변색된 가죽옷의 경우에는 300위안 정도이다. 명품 시계나 가방 등을 세탁 수선하는 서비스도 제공하는데, 보험 회사와 연계하여 소비자에게 보상을 제공하기에 안심할 수 있다고 한다.

중국 내 편리한 배달문화와 방문 서비스는 값싼 노동력이 뒷받침되기에 가능한 일일 것이다. 사실상 이러한 중국식 모델들은 동남아와 같이 노동력이 싼 국가들에는 복제되어 실시되고 있다. 그러나 한국과 같이 인건비가 비싼 나라에서는 복제하기 힘든 시스템이다. 중국인 친구들 또한 향후 중국 내에서도 인건비가 오를 것이기 때문에 다음 세대 중국인들은 지금과 같은 서비스를 즐기는 것이 쉽지 않을 것이라며 우울한 기색을 숨기지 않는다.

여러 배달 및 방문 서비스들로 인해 내 우한에서의 생활은 빠른 속도로 편리하게 바뀌어 갔다. 서비스 어플들의 존재를 알면 알수록, 또 다양한 새로운 서비스 어플들이 개발되면 개발될수록 편리함의 극치를 맛볼 수 있는 나라, 바로 중국이다.

중국인들이 생각하는 대한민국

아침에 눈을 떠보니 몸이 찌뿌둣한 것이 영 개운치가 않다. 침대에서 뒤척거리는 시간이 좀 길어진다 했더니, 이러다가 지각하기에 딱 알맞겠다 싶다. 허둥지둥 출근 준비를 마치고 집을 나와 운전을 하는데, 이런 날은 꼭 '머피의 법칙'이 적용되어 길은 평소보다 더 막히는 듯하고 주차를 하려니 빈자리가 없다.

겨우 주차를 해결하고 사무실로 올라오니 그새 오전 9시가 다 되어 비자를 신청하러 총영사관을 찾아온 중국인들이 삼삼오오 몰려 있었다. 우리 총영사관 비자과는 오전 9시에서 11시 반까지 비자 접수를 받고 오후 3시에서 5시 반까지는 심사를 거쳐 발급한 비자를 내주는 업무를 한다.

비자과 앞 사무실 출입구에는 중국인 경비가 상시로 지키고 있으면서 비자를 받으러 오는 중국인의 경우에 신분증을 확인하고 안으로 들여보내준다. 나를 포함한 총영사관 직원들은 출입패스를 찍고 드나드는데, 오늘은 아침에 서두르느라 출입패스를 챙기지 않은 것이었다. 그런데 하필 근무중인 중국인 경비는 나를 처음 본다며 신분증을 제시하라고 까다롭게 구는 게 아닌가. 하기야 생긴 것만 봐서는 내가 한국인 영사인지, 직원인지, 비자를 신청하러 온 중국인인지 알 수 없을 테지만 여러 중국 사람들도 있는데 난감하기 짝이 없었다. 나는 주위의 중국 사람들의 시선을 의식해 가면서 창피함을 무릅쓰고 "저 여기 비자 영사이니 들어가게 해주세요."라고 최대한 나지막하게 말했다. 정말 아침부터 최악의 일진이었다.

오전 근무 시간을 마치고 점심식사를 하러 사무실을 나서려는데 비자과 창구 앞에서 한 젊은 남성이 "영사님" 하고 나를 불러 세웠다. 비자를 신청하러 온 중국인인 것 같은데 내가 영사인 줄을 아는 걸 보아하니 분명히 아까 내가 경비에게 "저 여기 비자 영사에요."라고 하는 걸 들은 모양이다. 그런데 이 남성은 유창한 한국어로 자신이 장시성에서 한국어를 가르치는 교원이라고 소개하는 것이 아닌가. 학교에서 단체로 중국 학생들을 인솔하여 한국에 갈 예정이라 비자를 신청하였는데, 비자를 신청한 여러 사람들 중에서 자신만 비자가 거부당했다고 한다. 본인 한 사람 때문에 이번 학교의 한국 방문 일정에 차질을 빚게 되면 안 된다며 나를 붙잡고 하소연하는 것이었다.

사실 단체 패키지 관광의 경우에는 여행사에서 단체 비자를 알아서 신청해서 발급받아 주기 때문에 개인이 직접 총영사관에 와서 비자를 신청할 필요는 없다. 그러나 개별적으로 한국을 가거나 관광한다면 직접 총영사관에 와서 비자를 신청을 하고 발급받아야 한다. 우한에 거주하는 사람들의 경우에는 그리 수고스러운 일이 아닐 수 있겠으나, 다른 성(省)에 거주하는 중국인들은 비자를 신청하러 일부러 우한에까지 와야 하는 것이다. 일부 중국인들은 이러한 수고를 덜기 위해 비자 수속 대행사에 의뢰하여 소정의 수수료를 지불하고 대리하여 발급 받기도 한다.

장시성(江西省)에 거주하는 사람이 우한시까지 왔다면 고속철을 타고 반나절 시간을 들여 힘들게 왔을 테다. 직접 멀리 비자를 받으러 왔는데 발급이 거부당하였으니 참 딱한 일이었다. 그리고 이렇게 한국말을 잘하고 정규학교에서 한국어를 가르치는 교원이라면 신분이 확실한데 비자가 발급되지 않았다는 사실도 좀 의아하게 느껴졌다. 나는 잠시 기다려 보라고 하고는 다시 사무실로 돌아와서 그 남성의 비자 발급 심사 기록을 찾아보았다. 알고 보니 그 남성에게는 과거 한국 유학시절에 교통사고를 내고 뺑소니를 하여 조사를 받은 경력이 남아 있었다. 이런 범죄 관련 경력이 기록에 남다 보니 몇 년이 흐른 뒤에도 비자 발급에 불리하게 작용했던 것이었다.

다시 그 남성을 불러서 관련 자초지종을 물어보았다. 이미 시간이 꽤 지난 한국 유학시절에 발생한 일이었는데, 당시에 한국 검찰에도 출두해서 조사를 받고 결과적으로 피해자와 적절히 보상 합의를 완료했다고 한다. 당시 담당 검사로부터도 합의가 잘 완료되었기 때문에 앞으로 이 문제가 한국 체류에 큰 문제가 되지 않는다는 얘기도 들었다고 했다. 나는 내부적으로 협의를 하고 기록을 확인한 후에 재심사과정을 거쳐 최종적으로 비자를 내어 주기로 하였다. 그 남성이 뛸 듯이 기뻐한 것은 물론이었다.

비자 업무를 담당하고 있자니 여러 나라 관광시 비자가 면제되는 대한민국 국민으로서 얼마나 편리하고 행복한가라는 생각이 든다. 매번 비자를 신청하고 발급받을 필요 없이 여권만 소지한다면 해외 여행이 편리하니 말이다. 우리나라 국민은 비자를 발급받을 필요 없이 무려 140여 개의 국가를 방문하는 것이 가능하다.

외교부는 세계적으로 여러 나라들과 상호비자면제협정을 체결함으로써 일정 기간(보통 90일)의 방문인 경우에는 상호 비자 면제가 가능한 업무를 하고 있다. 비자 면제 국가가 많이 증가한 데에는 무엇보다 지난 수십년간 한국의 국력이 많이 신장되었기 때문이다. 비자받기에 까다롭기 짝이 없는 미국과도 지난 2008년 비자면제프로그램(VWP) 가입국 지위를 인정받은 이래 비자 없이 90일 이내 미국 방문이 가능해졌으니 말이다. 과거에 비해 한국 국민으로서 해외 방문과 여행이 얼마나 수월해졌는지를 잘 알 수 있는 대목이다.

중국 지역의 총영사관은 전 세계의 우리 공관 중에서 한국 관광 비자를 가장 많이 처리하는 곳이다. 2016년 우리 총영사관의 경우에는 일주일에 평균 약 1천~1천 5백 건의 비자를 발급하곤 했다. 중국의 춘절(구정 설) 연휴, 5월 1일 노동절 연휴, 10월 1일 국경절 연휴 등과 같이 중국인들이 대거 해외로 떠나는 시즌을 앞두고는 비자 신청량이 대폭 증가하여 비자과 직원 전원이 연일 야근을 해야 할 정도이다. 그런데 우리나라를 방문하는 '유커'(游客)들은 사실 해외 관광을 떠나는 전체 중국인 수의 극히 일부에 지나지 않는다. 2012년 이래 중국은 부동의 해외 관광객 수 1위 국가이다. 중국인의 소득 상승과 함께 해외 관광객 수는 매년 급격히 증가하고 있고, 이들은 더 고가의 해외 여행을 떠나고 있다. 관광지로써 유럽이나 미주(美洲) 등지의 국가들이 우리나라에 비해 선호되고 있는 실정이다.

얼마 전 여행사를 운영하고 있는 한 중국인 친구로부터 한국 관광은 '마이 마이 마이(買買買, 사다) 관광'이라는 평가를 들었다. 한마디로 쇼핑에 치우친 관광으로 한국에서 쇼핑 외에는 달리 볼거리가 마땅치 않다는 평가인 것이다. 이 얘기를 듣고는 한편 공감이 가면서도 한국 사람으로서 살짝 자존심이 상하는 기분이 드는 것은 어쩔 수 없었다.

실제로 매일 아침 내 책상에 놓인 비자 신청서를 검토하다 보면, 85% 이상이 20~30대의 젊은 중국인 여성들이다. 이들은 한국 드라마나 아이돌 가수, 연예인 등과 같은 '한류'를 좋아하거나, 한국산 화장품이나 옷을 중국에서보다 저렴하게 구매하기 위하여 한국에 가는 것일 게다. 또는 중국보다 저렴하거나, 중국에서는 경쟁이 치열해서 손에 넣기 힘든 세계적 명품 브랜드를 구매할 것이다. 중국인 남성들끼리 한국을 관광하기 위해 비자를 신청하는 케이스는 거의 없는 것 같고, 남성의 경우에는 대부분 가족이나 여자 친구를 따라 여행가는 입장인 것으로 분석된다.

오랜 중국생활 중에 나는 어쩌면 한국을 좋아하고 한국을 높게 평가하는 중국인들에게 익숙해 있었던 것 같다. 무(無)에서 유(有)를 창출한 한국의 '한강의 기적' 그리고 세계적으로 널리 알려진 경쟁력을 갖춘 몇몇 대기업들과 전자, 반도체, IT 기술 등등. 그런데 최근 몇 년 사이에는 중국이 빠른 경제성장에 힘입어 국제적으로도 위상이 높아지면서 한국을 '대단찮게 보는' 중국인들도 상대적으로 늘어난 것이 사실이다. 이들은 아시아에서 중국이 상대할 만한 나라는 '일본' 정도라고 가감 없이 말하면서 미국 또한 자신들이 몇 년 내에 추월할 것이라고 자신만만하게 말한다. 한국에 대해서는 좋은 얘기보다는 자신들에 비해 낮다고 평가하거나 비판하는 것도 서슴지 않는다.

이런 새로운 현상이 불편해지는 것은 사실이나, 쓴 비판을 많이 듣고 부족한 부분을 개선시키는 것이 필요하지 않겠는가. 세상은 급격하게 변화하고 있는데 '우물 안 개구리'처럼 이러한 변화에 눈과 귀를 닫고 '나는 아직 잘났다'고 생각하고 있는 것처럼 걱정스러운 일도 없다. 2000년대 초 이래 드라마,

K-pop 등의 '한류'의 영향이 급속하게 세계적으로 퍼져나가 우리나라를 알리고 위상을 높였던 것은 사실이다. 그러나 우리는 이러한 '한류'가 계속해서 지속될 것이라고 낙관적인 전망만 하고 있을 수는 없다.

밖으로 홍보되는 문화 콘텐츠보다 우리나라 내에서의 삶과 문화의 퀄리티를 높이고 내실을 기해야 할 때이다. "한국 드라마는 멋진데, 막상 한국에 가보면 드라마 속에서 나오는 것과 같지 않고 볼 것이 없다."는 평가를 듣지 않기 위해서 그렇게 해야 한다. 또한 외국인의 입장에서 한국 관광의 매력이 무엇일지, 어떻게 이러한 매력들을 증가시켜 나갈 것인지에 대해서도 진지한 고민과 이를 정책에 반영시켜 나가는 것이 필요하겠다는 생각이다.

이웃나라를 위협하는 미세먼지

　사무실에 출근해서 습관처럼 공기 청정기를 틀었더니 웬일로 짙은 빨간색의 알람이 떴다. 미세먼지의 계절이 도래하였다는 뜻이다. 겨울이 다가오면서 강우량은 줄어들고 석탄 난방이 증가하게 되니 미세먼지(PM10)와 초미세먼지(PM2.5) 농도가 모두 심해지고 있는 것이었다.

　앞으로는 매일 스마트폰으로 공기의 질을 체크하고 미세먼지 농도가 높은 날은 실내 활동 위주로 시간을 보내야 할 것이다. 공원과 강가를 산책하거나 야외에서 자전거를 타는 것도 공기가 특별히 좋은 며칠을 제외하고는 봄까지 당분간 '안녕'이다.

　근래 몇 년간 한국에서도 미세먼지 문제가 급속도로 부각되면서 일반인들의 공기의 질에 대한 경각심이 크게 높아졌다. 전에는 중국에서 근무한다고 하면 중국의 심각한 스모그를 걱정해 주던 한국의 친구들도 이제는 한국마저 중국발 미세먼지에 의한 공습으로 인해 기관지 건강이 문제라며 걱정이 이만저만이 아니라고 한다.

2010년 베이징에서 지내던 당시 나는 저녁 무렵이면 지평선 낮게 안개처럼 깔리는 희뿌연 스모그를 보곤 했다. 현지 사람들은 이를 '안개'라고 칭하면서 크게 개의치 않는 반응이었다. 당시에는 우리나라로서도 중국과의 큰 환경 이슈는 봄철마다 유입되는 황사(黃砂) 문제였고 중국 내 황사 이외의 미세먼지에 대해서는 누구도 이의를 제기하지 않고 있었다.

중국 내 미세먼지에 대한 경각심이 대두되기 시작한 것은 2010년 경부터 베이징 소재 미국 대사관이 미세먼지 농도를 측정하여 그 결과를 대외적으로 발표하면서이다. 미국 대사관이 2010년에 출시한 'Beijing Air'라는 스마트폰 어플(app)은 미세먼지 농도를 알려주는 중국 내 최초의 그리고 한동안 유일했던 어플이었다. 이를 위해 미국 대사관은 대사관 부지에 직접 미세먼지 농도를 측정할 수 있는 설비를 갖추고 있다.

미세먼지 어플이 미세먼지 상황을 실시간으로 알려주며 '마스크를 써라', '대외 활동을 삼가라' 등의 메시지들을 발송하기 시작하자 점차 베이징 거주 외국인들을 중심으로 마스크 착용이 늘어났다. 좀 시차가 있었지만 얼마 뒤에는 현지 중국인들 사이에서도 마스크 착용이 눈에 띄기 시작했다. 'Beijing Air'

사례는 미국이 어떻게 외교를 통하여 외국의 중요한 사회 문제를 부각시키고 외국인들의 인식과 생활 방식까지 바꾸어놓는가를 여실히 보여주는 한 예이다.

지금은 'Beijing Air' 외에도 중국 전역의 미세먼지 농도를 알려주는 다양한 어플들이 존재하나 여전히 미국 대사관이나 총영사관이 발표하는 지수는 중국인들 사이에서 가장 '객관적'인 것으로 여겨진다. 미세먼지는 주로 AQI 지수(Air Quality Index)로 측정되는데 중국측 AQI는 외국 기관이 발표하는 AQI에 비해 20~30 정도 좋게 왜곡되어 발표된다는 시각도 존재하기 때문이다.

어쨌거나 중국의 미세먼지 문제는 2010년에 최초로 부각된 이래 점점 악화되어 중국 내 주요 대도시에서는 일 년 내내 미세먼지 농도에 신경을 쓰며 생활해야 하는 상황이 되어 버렸다. AQI 지수(Air Quality Index)가 100~200 사이를 찍는 것은 기본이고, 좋지 않을 때는 300 이상, 급기야는 500 이상을 찍을 때도 있다. 미세먼지가 건강에 미치는 위험에 대한 뉴스도 급격히 증가하고, 베이징 한국 주재원들 사이에서는 귀국해서 건강검진을 받았다가 비흡연자인데도 불구하고 폐가 좋지 않다고 주의를 받았다는 소문도 들렸다.

2011~2013년 사이에 건강에 대한 경각심이 높은 외국인들 사이에서는 소위 '베이징 탈출(Beijing Exodus)' 현상이 일어나기도 했다. 베이징 소재 미국상공회의소(AMCHAM)가 미국 회사들을 대상으로 조사한 '중국의 비즈니스 환경' 결과를 보면, 베

이징에서 시니어급 간부를 고용하거나 고용을 지속하는 데 있어 어려움을 겪은 적이 있다고 답한 회사의 비율이 2008년 19%, 2013년 34%, 2014년 48%로 급격히 증가한 것을 알 수 있다. 일본이나 영국과 같은 나라의 기업

심각한 중국의 미세먼지

과 대사관들에서는 베이징 주재원과 외교관들에게 미세먼지 수당을 추가로 지급하거나 본국이나 제3국에서의 휴가를 제공하는 조치를 취하고 있다.

나도 2013년 대사관 근무를 마치고 베이징을 떠나면서 한편 아쉬운 기분이 들기도 하였으나 미세먼지로 고생했던 것을 생각하면 건강을 위해서라도 한시라도 빨리 중국을 떠나는 편이 다행이라는 생각이었다. 내가 베이징 대사관에 지원할 때만 하더라도 높은 경쟁률을 뚫고 선발되었는데, 2013년 이후로는 젊은 외교관들 사이에서 베이징 대사관 근무에 대한 선호도가 대폭 감소해 버렸다. 외국 회사에서 근무하며 베이징에서 어린 자녀와 생활하던 MBA 동문 친구도 내가 베이징을 뜨던 시기에 홍콩으로 이주해 버렸다.

우한은 베이징보다 상대적으로 미세먼지 농도가 나은 편이기는 하나 겨울에는 꾸준히 AQI 150~220를 기록하곤 한다. 사실 AQI가 200이 넘으면 어차피 바깥활동은 접어야 하는 상

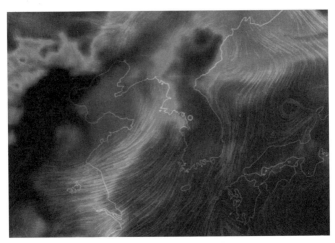
한반도로 날아오는 중국의 미세먼지

황이니 그 구체적인 숫자는 별로 중요치 않은 것 같다. 실내에서 생활하는 시간이 길어지면 때때로 우울함이 밀려오기도 한다. 비가 많이 오면 미세먼지가 좀 씻겨 내려가거나 않을까 하는 생각을 하면서 비가 오는 날만을 기다린 적도 있다.

허난성의 성도(省都)인 정저우(鄭州)는 소림사(少林寺)와 룽먼석굴(龍門石窟) 등으로 한국인들에게도 잘 알려진 곳이다. 주우한 총영사관의 관할지역에 있다 보니 종종 출장을 갈 일이 생기는데 특히 겨울에는 미세먼지가 우한보다도 더 심해서 출장 가기가 꽤나 꺼려지는 곳이다. 2017년 12월 허난성 출장을 앞두고는 나는 매일 정저우의 공기질을 체크하고 있었다. 그래 봤자 내가 할 수 있는 일이란 출장 때 마스크를 잘 챙겨가는 게 다겠지만 말이다. 그런데 막상 허난성에 도착하고 나니 그동안의 나의 걱정이 무색하게도 뜻밖의 파란 하늘이 반기는 것이 아닌가. 우한보다도 더 좋은 공기는 출장 기간 내내 이어졌다.

이런 뜻밖의 현상의 원인은 뭐였을까? 허난성 정부가 2017년 12월 초 갑작스럽게 대기질 개선 조치를 발표하고 즉시 시행 조치에 들어갔던 것이다. 성(省) 정부 차원에서의 이렇게 전면적이고 대대적인 조치로는 처음이었다. 주요 도시에서 차량 2부제를 실시하고 생산 공장들의 가동을 동절기 기간 동안 전면적 또는 부분적으로 중단시켰다. 이 조치로 타격을 받은 기업 수는 강철, 코크스화 주조, 시멘트 등 15개 분야에서 2천개 이상에 달했다. 그 외에도 먼지를 대량 방출하는 건설공사가 중지되고 난방용 석탄 사용이 금지되었다.

허난성 정부관계자들의 말에 따르면, 이러한 조치 시행 배경에는 중앙 정부로부터 대기질과 관련해 엄격한 문책이 있었다는 설명이다. 실제로 2017년 말 중국 정부는 미세먼지 문제에 강력 대처하기 위해 '역대급' 조치들을 취했다. 주요 도시에서 미세먼지 주요 원인인 석탄 난방을 천연가스(LNG)로 대체하는 조치를 대대적으로 밀어붙였다. 갑자기 늘어난 수요로 인하여 한동안 '가스 대란'이 발생하여 한 가구당 사용할 수 있는 가스량이 제한 받기도 했다. 강철, 제련, 시멘트 등 대기 오염물질을 배출하는 기업 대상 수시 순찰이나 야간 급습도 증가했다. 기업들이 폐기되거나 개조한 석탄 사용 보일러를 사용하여 환경 관련법을 어긴 것이 발각되는 경우에는 '제로 관용 정책(Zero Tolerance)'에 의거하여 엄중하게 처벌받았다.

2017년 10월 18일 개최된 제19차 중국 공산당 전국대표회의(당대회) 개막식 업무보고에서 시진핑 주석은 '아름다운 중국(美麗中國)'을 강조한 바 있다. 이는 중국이 앞으로 대기질 개선과 같은 환경 정책과 조치를 강화시켜나갈 것이라는 강력한 메시지 전달이었다는 것이 일반적인 관측이다.

아니나 다를까, 환경보호세법이 2018년 1월 1일부터 시행에 들어갔다. 기존에 기업들의 오염 배출에 대해 부과해 오던 오염배출 비용이 환경보호세라는 이름으로 변경된 것인데, 중국 영토와 수역 내에서 환경오염 물질을 배출하는 기업과 사업장들을 대상으로 환경보호세가 부과된다. 지방의 세무기관이 환경보호세에 대한 징수를 관리하고, 환경보호 기관들이 오염물질에 대한 관리감독을 맡게 된다.

베이징시 환경보호국은 이미 2016년에 초미세먼지(PM2.5) 평균 농도를 2030년까지 35mg/m^2 이하로 낮춘다는 목표를 제시한 바 있다. 2016년 1월 아시아·태평양지역 개발도상국의 인프라 구축을 위해 중국의 주도로 설립된 국제기구인 '아시아인프라투자은행(AIIB : Asian Infrastructure Investment Bank)'이 2016년에 승인한 중국 관련 최초의 프로젝트는 바로 대기질 개선 분야였다. 2021년까지 중국 내 석탄 난방을 천연가스로 전환하고 베이징의 공기질 개선을 위해 총 2억 5천만 달러가 투입될 예정이다.

수도 베이징의 높은 미세먼지 문제로 인한 대외적인 이미지

손상과 베이징 거주를 기피하는 외국인들은 물론, 미세먼지 문제로 오랜 기간 고통받아 온 중국 일반 국민들과 많은 중국 국가 지도자들의 건강에 대해 우려하고 고심하고 있는 중국의 고민이 엿보인다.

중국의 대기질 오염의 직접적인 영향권 내에 있는 우리나라로서도 중국발 미세먼지 문제에 수수방관만 하고 있을 수는 없는 노릇이다. 중국 정부의 전향적인 대기질 개선 조치들에 힘입어 중국 내 미세먼지 문제는 점차 개선되어 나갈 것이라 기대되며, 이로 인해 우리나라에로의 영향도 감소되기를 희망하는 바이다. 그럼에도 불구하고 미세먼지 문제는 앞으로 최소 몇 년간은 중국과 한국이 함께 고민하고 해결해야 할 주요 이슈가 될 것으로 보인다.

중국의 IT 산업

중국은 인구 13.7억 명으로 세계 1위, 국토는 약 960만km²로 세계 4위의 국가이다. 2017년도 GDP는 세계 2위의 약 12조 3,000억 달러를 달성했고, 경제성장률은 6.9%로서 세계 평균 3.8%의 2배에 근접하는 수치를 보였다. 2017년 전 인구의 55.8%에 해당하는 7억 5천만 명이 인터넷 접속을 하는 등 막대한 네티즌 수를 보유하고 있다.

막대한 네티즌 수를 바탕으로 중국은 최근 수년간 '세계 최초'의 수식어를 양산해내며 공유경제와 정보통신(IT) 산업을 위주로 글로벌 산업 선도자로 부상하고 있다. 일반 전자상거래의 개념을 뛰어넘어 온·오프라인이 긴밀히 결합하고 현대적 물류 시스템이 더해진 동시에 모바일 결재, 빅 데이터. 클라우드 등 신기술을 활용한 '신소매(新零售, New retail)'의 시대로의 이동도 눈부시다. 또한 중국은 5G 상용화 등 인프라 구축 면에서도 세계 선두를 달리면서 전 세계가 직면하고 있는 4차 산업혁명을 리드하고 있다. 이러한 성장방식은 선진국들의 기술을 모방하여 따라잡는 방식이 아닌 '뛰어넘는 전략'인 것으로 평가받고 있다.

중국의 바이두(Baidu), 알리바바(Alibaba), 텐센트(Tencent)는 머릿글자를 따서 'BAT'로 불리며 중국의 IT 산업을 선두하는 3대 기업으로 활약하고 있다.

PART
2

중국에서의 비즈니스

중국의 속살 중부지방의 첫 인상

　　내가 아시아인으로서 외견상 외국인 티가 나지 않는 것은 중국생활의 장점이자 단점이다. 외국인이라고 주목받지 않으니 익명성이 보장되고 물건 값을 터무니없게 높게 불리는 일도 없다. 다만 이국적인 외모를 가져 한 눈에도 외국인으로 보이는 서방국 외교관들이 현지 지방 정부와 현지 미디어로부터 더 큰 환대를 받는 것처럼 보일 때에는 나도 얼굴에 '외국인'이라고 쓰고 다니고 싶다.

　　지방 정부가 개최하는 행사들에 초대받아 참석해 보면, '국제화'된 이미지를 내세우기 위해 '금발과 파란 눈'의 외국인들의 자리를 앞쪽으로 배열하는 것이 눈에 띈다. 언론사들의 카메라들도 연신 그런 외국인들 쪽을 집중적으로 찍고 있는 듯하다. 나의 자격지심(自激之心)일까?

　한 번은 영국 총영사와 만난 자리에서 외모 덕분에 중국 사람들로부터 받을 '특별한 대우'가 부럽다고 하자, 현지 중국인들은 때때로 '서양인 얼굴(white face)'을 필요로 한다며 크게 웃는 게 아닌가.

　프랑스 총영사관이 주최한 문화행사에 초대받아 갔을 때에도 비슷한 경험을 했다. 프랑스 총영사에게 '초대해 주어 감사하다'라는 인사를 하는 데도 한참을 줄을 서서 기다려야 했다. 총영사는 함께 사진을 찍고자 몰려든 중국인 여성들 사이에서 흡사 연예인 급의 인기를 구가하고 있었기 때문이다. 물론 총영사의 잘생긴 외모 덕도 있었겠지만, 멋진 '서양 외국인'과 찍은 사진을 SNS에 올려 자랑하고자 하는 중국인들의 욕망도 작용하지 않았을까? 외모로만 보자면 나 또한 그러한 중국인 여성으로 오해 받았을지 모르겠다.

　중국의 여타 대도시들은 이미 외국인들로 넘쳐 나서 길거리에서 외국인들을 보는 것이 더 이상 신기한 일도 아니다. 그런데 우한은 이제 막 국제화로 나아가고 있는 상황이라 그런지 아직 외국인들을 많이 찾아보기란 쉽지 않다. 그러다 보니 '서양인 얼굴'에 대한 수요도 여전한 것 같다.

　현지 친구들은 우한시가 예로부터 '사통팔달(四通八達)'한 교통 요지이자 창장(長江, Yangtze River)변의 주요 항구 도시로서 항구문화가 발달한 개방적인 도시라고 소개한다. 과거 1950~1960년대에는 베이징, 상하이에 이어 중국 3대 도시로 꼽혔다면서 과거 화려했던 영광에 대한 자부심이 하늘을 찌른다.

사실상 중부지역은 1980~1990년대 중국의 개혁개방 시기에 동부 연해지역에 밀려 한참을 소외받아온 지역이다. 2010년대 이후에야 지역간 균형발전 전략에 입각하여 발달한 동부의 산업자원을 중서부지역으로 이전하려는 국가 정책에 힘입어 뒤늦게 발전하기 시작했다.

그런데 최근 이 지역의 성장세가 무섭다. 2017년 중국 통계국에서 발표한 2016년 경제성장률만 보더라도 후베이성 8.1%, 후난성 7.9%, 허난성 8.1%, 장시성 9%를 달성하여 중국 평균 경제성장률인 6.7%를 크게 웃돌았다. 중부지역의 성장세가 중국 전체의 성장세를 견인하는 모양새는 향후 5년 이상 유지될 것이라는 전망이다.

중국 대도시 시장은 거대하고 다양한 수요가 있다는 장점이 있으나 유명 서구 브랜드나 막강한 자본력이 뒷받침된 중국 본토제품들과 치열하게 경쟁해야 한다는 어려움이 있다. 이에 반해 후베이성의 성도(省都, 성 정부 소재지) 우한시, 허난성의 성도 정저우시, 후난성의 성도 창사시, 장시성의 성도 난창시 등과 같은 중부지역의 주요 도시들은 도시 규모에 비해 소득 수준과 도시 인프라 수준이 대도시에 비해 다소 뒤처져 있는 반면, 소비력이 큰 속도로 상승하고 있기 때문에 경쟁력 있는 제품을 가진 우리 중소기업들이 진출하기에 적합한 지역으로 평가받고 있다.

대한무역투자진흥공사(KOTRA)가 발간한 '중국진출보고서 2018'에 따르면, 중국의 내륙시장, 특히 중부 5개성(후베이성, 후난성, 허난성, 안후이성, 장시성)의 소비 수요성장률이 전국 선두를 달리고 있으며, 지금은 중국의 전국 평균에 비해 다소 미약한 도시화율 또한 향후 5년 내 급성장할 것으로 예상된다. 여기에 중부지역의 지방 정부들은 도시 자체의 규모에 비해 미약한 오프라인 상권 등 소비 인프라에 대해 대대적인 투자를 진행중이며, 해외직구와 역직구가 가능한 '크로스보더(cross-border) 전자상거래보세구'를 확대하여 전통적으로 연해지역에 비해 약점으로 꼽혀온 내륙운송 등 물류를 개선하기 위한 노력에 총력을 기울이고 있다.

우한시와 정저우시의 경우에는 지난 2016년 중앙 정부로부터 관세와 부가세가 면제되고 각종 행정적 편의를 제공받을 수 있는'자유무역구(Free Trade Zone)'로 지정되어 향후 외국상품 유입채널이 더욱 활성화될 것으로 전망된다. 2016년 말 기준 중국 내 총 11개의 도시가 '자유무역구'로 지정되어 있는데, 그 중 중부지역의 2개의 도시가 포함된 것은 중국 내 지역적 균형발전을 고려한 조치이다. 이제까지 우리나라에서 중·서부 도시로의 상품유통과정에서 상하이와 같은 대도시에 소재한 중간대리상에 의존하는 비중이 높았으나, 중부지역의 물류시스템 발전에 따라 점차 대리상을 거치지 않는 직접수출채널의 비중도 증가할 것으로 예상된다.

코트라(KOTRA, 대한무역진흥공사)를 소개하자면, 우리 중소기업

중국 우한시 전경

들의 해외진출을 지원하는 기관으로서 수출사절단을 조직하여 해외바이어들과의 상담을 연결시켜주는 서비스를 제공하고 있다.

중국에 소재한 코트라 무역관의 경우, 한국인의 파견규모는 작지만 점조직과 같이 중국 전역의 주요 도시에 자리 잡고 있고, 유능한 현지 중국인 인력들을 고용하여 발빠르게 정보를 수집하고 현지 기관 및 바이어들과 두터운 인맥들을 갖추고 있다. 중국의 중부지역에도 우한시, 정저우시, 창사시에 각각 코트라 무역관이 설치되어 있는데, 총영사관과는 좋은 협력관계를 갖고 현지에서의 여러 경제행사들을 공동주최하기도 한다.

실제로 내가 우한에 있는 동안 많은 우리의 소비재 중소기업들이 중국의 중·서부지역 시장의 잠재성에 관심을 갖고 다양한 수출사절단의 형태로 방문하곤 했다.

나는 경제영사로서 코트라가 주최한 상담회에 참석하여 우리 기업인들을 만나고 그들의 다양한 상품군들을 관찰하는 기회가 여러 번 있었다.

그중 일부는 현지의 니즈에 잘 부합하는 제품으로 바이어를 잘 만나서 좋은 현지판매실적으로 이어지고 있다는 반가운 소식을 전해 듣기도 했다. 한편 대만, 홍콩은 물론 미국, 일본 그리고 유럽국가들까지 중부지역을 새로운 비즈니스 기회의 땅으로서 주목하고 있는 실정이다.

대만 기업들은 과거 대만과 지리적으로 가까운 푸젠성(福建省), 상하이시(上海市) 등과 같은 연해지역을 위주로 많은 투자를 해오다가 최근에는 중부지역으로 산업을 이전하거나 제2공장을 짓는 것이 대세라고 한다. 유명 음료기업 퉁이(統一)와 식품기업 캉스푸(康師博)는 후베이성, 팍스콘(foxconn)은 허난성에 대규모 공장을 세워 많은 현지 인력을 고용하고 있다.

우한시는 프랑스 자본이 중국 내에서 가장 많이 투자된 도시이기도 하다. 우한 경제기술개발구에는 둥펑(東風), 둥펑 혼다(Honda), 선룽(神龍), 르노, GM 상하이퉁융(上海通用) 등 많은 완성차 업체 공장과 부품 생산 기업들이 밀집해 있다. 2016년 6월까지 자동차 업계를 중심으로 130여 개의 프랑스 기업들이 우한에 진출했으며, PSA 푸조 시트로앵 자동차 그룹 아시아본부 또한 입주할 계획을 가지고 있다고 한다.

일본 기업들의 진출도 활발하다. 2014년 우한에 최초 오픈

한 이온(Aeon) 슈퍼마켓과 몰(mall)은 매년 1개씩 추가 오픈 계획이며 향후 10개점으로 확장할 것이라고 한다. 2016년 혼다(Honda), 닛산(Nissan) 등 자동차 업체를 비롯하여 130여 개의 일본 기업이 우한시에 진출해 있고 일본무역진흥기구(JETRO) 우한지사가 2017년에 발표한 자료에 따르면 2020년까지 170개로 늘어날 것으로 예상된다.

우한 소재 미국 총영사관 또한 2016년 이래 영사 수를 2명에서 7명으로 크게 늘리며 중부지역에 대한 중요도를 반영하였다. 2019년 상반기부터는 미국 비자 발급 업무도 개시할 예정이라 하니 앞으로 더 많은 비자 영사들이 파견되어 영사 수가 대폭 증가할 것으로 보인다.

영국은 2015년에 우한에 총영사관을 개설하였다. 듣기로는 러시아 총영사관도 곧 개설될 예정이라고 한다. 총영사관 이외에도 일본, 싱가포르, 네덜란드, 헝가리 등과 같이 많은 여러 나라들이 우한에 통상사무소를 세워 운영하고 있다.

이렇듯 많은 외국 기관과 기업들이 중부지역에 진출하고 있는 점과 더불어 현지 지방 정부도 더 많은 외자 유치를 위해 노력하고 있다. 허난성 상무청(商務廳)은 매년 투자 촉진을 위해 외국 기관들을 초대하여 건의사항을 청취하는 자리를 마련한다. 우한시도 매년 부시장(副市長)의 주재하에 총영사관, 외국 기관 그리고 기업 대표들이 참여하는 간담회를 개최하고 우한의 향후 발전에 대한 건의를 청취하곤 한다.

그러나 이러한 분위기에도 불구하고 중부지역은 중국 내에서 아직 상대적으로 개방성이 떨어지고 '관치주의(官治主意)'적인 성향도 강하게 남아있는 게 사실이다.

일전에 나는 후베이성의 경제 발전 현황을 청취하고 공동 추진 사업을 논의하기 위해 후베이성 사회과학원(社會科學院)을 방문하려 했다. 사회과학원에 연락을 취해 면담 약속을 잡으려 하자 사회과학원측은 난색을 표하며 총영사관과 만나려면 먼저 후베이성 외사교무판공실의 허가가 있어야 한다고 답하는 것이었다. 그리고는 총영사관이 우선 후베이성 외판에 공문(公文)을 보내 면담 허가를 맡는 것이 좋겠다고 알려 왔다.

나는 지방의 이러한 딱딱한 태도에 깜짝 놀랐다. 수 년 전 베이징에서 근무할 때 이미 '공문'과 같은 공식적인 절차 없이 대학 교수나 연구소 전문가와 비교적 자유롭게 만나곤 했기 때문이다. 그 후로도 여러 번 정부 부처나 공공기관 그리고 대학들과 접촉하려 시도할 때마다 성(省) 정부 외사교무판공실측의 허가가 필요하다는 답변을 심심찮게 듣곤 했다.

그런데 '관치주의'가 강하다는 점은 이곳에서 '총영사관'이나 '영사(領事, Consul)'의 명의로 행사할 수 있는 영향력이 크다는 얘기이기도 하다. 친하게 지내던 미국 상무 영사(商務 領事, Commercial Consul)도 유럽 선진국의 경우에는 기업 간 비즈니스 영역에 영사로서 개입할 여지가 별로 없는 반면에 중국에서는 사적인 비즈니스 영역에서도 중국 정부의 개입과 입김이 여전히 커서 '영사'로서의 역할을 더 크고 중요하게 보고 있다고 한 적이 있다.

중국 내에서도 '관치주의'의 영향력이 더욱 큰 지방에서 이 '영사'라는 명함이 영향력이 더 강력한 것 같다. 이러한 업무 환경을 감안한다면 앞으로 '영사'라는 타이틀을 어떻게 현지에서 우리 기업들을 더 많이 돕기 위해 활용해 나갈 것인지가 나의 숙제이지 않은가 생각해 본다.

중국인들은 어떤 소비를 할까?

11월 11일은 중국에서 '광군제(光棍節)' 또는 '쌍십일절(雙十一節)'로 불린다. 중국의 최대 B2B 전자상거래 기업인 알리바바(Alibaba) 쇼핑몰인 타오바오(Taobao, 陶寶)는 2009년부터 매년 11월 11일에 대대적인 할인 쇼핑 행사를 벌이고 있다. 최근에는 중국의 '광군제'가 미국의 '블랙 프라이데이(Black Friday)'에 버금가는 인지도를 누리는 쇼핑 데이기 되었다. 타오바오 외에도 징둥(京东, JD.com), 가전 유통업체인 수닝(苏宁易购), 아마존 등 전자상거래 업체들이 광군제에 참여하고 있다.

많은 중국 친구들은 광군제에 앞서 어떠한 물품을 구매할 것인지를 찾아보고 쇼핑 장바구니에 미리 담아 둔다. 할인 폭이 큰 물품들일수록 수량이 한정되어 있기 때문에 11월 11일

오전 0시가 되자마자 '낚아채서' 결제를 해야 하기 때문이라나. 광군제엔 평소보다 50% 수준까지 싸게 구매가 가능하다 보니 평소에 사려고 마음먹었던 물건들을 기다려 구매한다든지, 휴지, 세제, 샴푸 등과 같은 생활용품들의 1년치를 미리 구매해 둔다든지 하는 것 같다.

11월 11일 광군제의 쇼핑 실적이 너무 좋다 보니, 전자상거래 기업들은 12월 12일, 1월 1일, 2월 2일, 3월 3일과 같이 매달 유사한 할인 데이를 기획한 마케팅을 하고 있다. 그래도 참여 기업의 규모면이나 할인 폭에서 가장 큰 것은 여전히 광군제이다. 중국에선 여기 저기 소비자의 지갑을 노린 마케팅 일색이라, 가히 '소비의 천국'이 아닐 수 없다.

2017년 광군제에 참여한 전 세계 브랜드는 14만여 개의 1천 5백만 종에 달한다. 가장 많이 팔린 제품군은 대형 가전제품(15.2%), 스마트폰(8.7%), 생활용품(5.6%), 육아용품(3.6%), 소형 가전제품(2.8%), 화장품(2.5%) 등 순이다. 매년 광군제가 기록한 총 판매액 또한 핫 이슈인데, 2017년 광군제의 총 판매액은 2016년도 대비 48.63% 증가한 2,539억 위안이었다. 미국의 '블랙 프라이데이'의 규모인 140억 달러의 2배에 육박한다.

2009년 11월 11일 최초의 광군제 쇼핑행사가 개최되었을 때 규모가 약 5,000만 위안이었으니 8년 만에 약 5천배 성장한 것이다. 타오마오 기래액은 1,682억 위안으로 광군제 총 거래액의 66.23%를 차지하였다. 그 다음은 징동(京东)으로 총 1,271억 위안의 거래액을 달성하여 광군제 총 거래액의

21.41%를 차지하였다.

　중국 경제가 발전하고 빈곤 인구가 감소함에 따라서 중국인들의 구매력이 높아지고 있는 것은 새삼 놀라운 일은 아니다. 중국은 '세계의 공장'을 넘어서 '세계의 소비자'가 되어가고 있으니 말이다.

　중국 국가통계국 자료에 따르면, 2016년 전국 국민 1인당 가처분 소득은 23,921위안으로 2010년에 비해 62.6% 증가하였다. 2016년 도시주민 평균 가처분 소득은 33,616위안으로서 2012년과 비교하여 39.3% 증가하였고, 농촌 주민의 경우에는 12,363위안으로서 47.4% 증가하여 도시보다 빠른 증가세를 보이고 있다. 도시와 농촌 간 소득 격차가 크게 줄고 있는 것이다. 지역 간 격차도 줄어들고 있다. 예를 들어 과거 중국 내 더 일찍이 발전하기 시작한 동부지역과 비교적 낙후되었던 중서부지역 간 가처분 소득 격차도 지속적으로 줄어들고 있는 것으로 나타난다.

　중국인들의 소득 수준이 증가함에 따라, 품질을 중시하고 개성 있는 독특한 물품을 선호하는 소비 특징을 보이고 있다. 또한 구매하는 상품 또한 점점 업그레이드 되어감에 따라 주 소비상품이 생필품에서 비생필품으로 옮겨가고 있다. 입고 먹는 것과 관련된 소비액은 계속해서 감소하고 있지만, 건강 및 그린 푸드, 스마트폰과 태블릿PC, 스포츠 용품과 기구, 트렌디하고 개성있는 가구용품, 자동차, 미용 산업 등에서의 소비액은 계속 증가 추세이다.

매년 11월 11일에 열리는 중국 '광군제'

　우한에 와서 보니 주위의 많은 중국 젊은이들은 출시된 지 얼마 되지 않은 신형 아이폰(iphone)을 사용하고 있는 점이 눈에 띄었다. 가격이 무려 7,000위안~8,000위안을 호가하는 제품으로 내가 알고 있는 2016년 중국 젊은이들의 평균 월수입인 6,726위안을 훨씬 초과한다. 어떻게 이 많은 젊은이들이 월수입보다 더 비싼 제품을 사용하고 있는 것인지 의아하기도 했다. 나만 같아도 어렸을 적부터 전통 한국식의 절약 교육을 주입받아 물건을 한 번 사면 망가져서 못 쓰게 되기 전까지는 계속 사용해야 한다는 식의 사고 방식을 갖고 있다. 주위를 둘러보니 구매한 지 4년이 넘은, 화면이 작은 구형 스마트폰을 쓰고 있는 사람은 나뿐이었다.

　세계적인 브랜드 기업들은 중국의 주요 소비계층으로 떠오른 '빠링허우'(1980년대생)와 '주링허우'(1990년대생)를 잘 파악하려고 애쓰고 있다. 이들의 소비 성향을 조사하는 설문조사도 많이 이루어지고 신문지상에서도 종종 그 결과가 발표되고 있다. 2016년에 실시된 한 설문조사에 따르면, 대다수의 '빠링허우'(86.4%)와 '주링허우'(79%)가 월수입의 5분의 1이 넘는 단가의 생활용품을 구매해 본 적이 있다고 답했다. 또한 이들의 45.4%는 1개월이라는 비교적 빠른 기간 내에 구매 결정을 내린다고 답했다.

중국 상무부가 2017년 7월 발표한《중국 소매업(新零售, New retail) 발전 보고서》에 따르면, 중국의 1인당 GDP는 2008년, 20011년, 2015년 각각 3천 달러, 5천 달러, 8천 달러를 기록했다. 무려 10년 사이에 1인당 GDP가 3배 가까이 증가한 것이다. 또한, 중국 소비성향에서도 큰 변화가 나타나고 있다. 중국의 소비 주도층인 18~35세의 젊은 소비자들은 개성 있고 스타일리시하고 참신한 물품에 대한 수요가 높고, 상품 내 포함된 예술 문화적 가치를 중시하는 특징을 보인다. 대신에 이들은 가격 민감도는 높지 않아 필요하다면 비용을 더 지불해서라도 만족을 느끼려 한다. 또한 이들은 구매 전에 상품에 대해 충분히 체험하기를 바라고, 상호작용하는 방식의 소비 스타일을 선호한다.

"너만 기쁘면 돼.(你开心就好)" 이는 중국 친구들로부터 자주 듣는 말이다. 한 동료 영사는 중국 젊은이들이 더운 날 길을 가다가 목이 마르면 그 자리에서 바로 시원한 물을 사먹지, 좀 더 싸게 사먹겠다고 500미터 앞 슈퍼에 가기 위해 5분 더 걷는 수고를 기울이지는 않을 거라고 했다. 물론 중국의 젊은 층들도 온라인 쇼핑을 할 때 할인 쿠폰을 이용한다든지 광군제와 같은 쇼핑행사를 기다리든지 하여 좀 더 싸게 사려는 노력을 한다. 다만 이들의 소비의 관념은 필요와 동시에 효용가치를 함께 고려하는 것이라 해석된다. "필요한 소비를 미루거나 기다리지 않고 즉시 소비함으로써 만족을 극대화한다."는 말로 압축시킬 수 있을 것 같다.

이러한 소비의 주요 원인은 이들이 중국의 산아제한(產兒制限) 정책으로 인한 '한 자녀(One Child)' 세대의 외동인 경우가 많으므로 다른 가족 구성원들을 보살필 필요 없이 스스로만 돌보면 되는 세대라는 점이다. 그리고 대학 졸업 후 아직 부모와 함께 살고 있거나 또는 운이 좋은 경우 부모가 집을 마련해주어 아직 주택을 구매할 필요가 없으므로 주택 담보 대출 부담도 없고 저축의 필요성이 크지 않기 때문이다.

또한 중국 경제가 계속하여 고속 성장하는 시대에 태어났기 때문에 이들은 미래에 대한 낙관적인 기대를 하는 세대이며, 사고 싶은 상품은 적시에 구입한다. 좋은 품질의 상품을 오랜 기간 사용하는 것이 장기적으로 볼 때 비용을 절약하는 소비라는 관념도 가지고 있다. 이에 따라 우수한 디자인과 품질을 갖춘 해외 브랜드를 선호하며, 고가의 상품도 개의치 않는다.

작금의 중국 청년들은 낮은 취업률, 미래에 대한 부정적인 기대, 비혼족(非婚族) 등으로 점철된 한국의 청년들에 비해 활기가 넘치고 더욱 자신감이 있어 보인다. 국가의 운명이 개개인의 운명에도 영향을 끼치고 있음을 적나라하게 느낄 수 있다고나 할까. 중국 청년들의 자신감 있는 소비 성향 뒤에는 중국 경제의 탄탄한 성장이라는 뒷받침이 있다.

우연한 계기에 나도 새 버전의 화면이 큼지막한 스마트폰으로 바꿨다. 인터넷 기사를 읽기에도 더 편하고 사진을 찍어도 더 잘 나온다. '이 편리한 것을 왜 진작에 바꾸지 않았었나.'라는 생각도 들었다. '스마트한 소비'가 무엇인지에 대한 정의가 계속 진화하고 있으며, 이를 결정하는 것은 결국 각자의 몫일 것이다. 우한에서의 생활 속에서 나의 '스마트한 소비'에 대한 개념도 중국 젊은이들로부터 영향을 받아 좀 더 만족도를 중시하는 방향으로 '재정의(再定義)' 중이다.

중국 우한에서 취업과 창업하기

    우한은 교육 도시로서 자부심이 크다. 우한시의 정부 고위 인사들과 만나게 되면 그들은 우한이 '세계에서 대학의 수가 제일 많은 도시'라는 언급을 빼놓지 않는다. 무려 대학교가 98개소이고 재학생의 수가 120만 명이라고 한다. 그 중 우한대학(武漢大學)과 화중과기대학(華中科技大學)은 중국 내에서도 상위 10위권에 손꼽히는 명문대이다. 한 도시가 발전하기 위해 인재 풀의 중요성은 아무리 강조해도 지나치지 않다.

    우리나라 유학생 수도 증가 추세에 있다. 문제는 유학 이후의 취업으로의 연계일 터이다. 여전히 대다수의 유학생들이 학업이 끝나면 한국으로 돌아오고 있다. 그러나 현지 기업에 취업한다든지 아니면 한국 식당 등을 창업한다든지 하여 우한에서 계속 터를 잡고 발전해 나가는 젊은이들도 눈에 띠고 있어 매우 고무적이다.

후베이성 정부의 발표에 따르면, 2017년 6월 기준 후베이성 내 상주 외국인 수는 1.9만 명이고, 그 중 81%가 우한시에 거주하고 있다. 후베이성에서 취업하거나 창업한 외국인들의 국적은 일본, 한국, 미국, 인도, 프랑스, 캐나다 등이며, 아시아계가 57%를 차지한다. 업종별로는 외국인들의 25%가 자동차 분야에 종사하며, 18%가 호텔 외식업 그리고 17%가 전기기계와 컴퓨터 분야에 종사한다고 한다. 외국인이 취업하거나 창업하는 기업의 유형은 민간기업(44%), 외자기업(36%), 합자기업(12%) 순으로 나타난다.

중국 정부는 경제사회 발전을 위하여 인재의 중요성을 갈수록 강조하며 기술을 가진 외국인 고급 인재 유치에 심혈을 기울이는 모습이다. 중국 정부는 2017년 4월부터 새로운 외국인 취업허가제를 도입하였다. 그전에는 외국인이 중국에서 취업하려면 인력자원사회보장국에서 취업증을, 외국전문가국에서 외국전문가증을 각각 발급받아야 했다. 2017년 4월 1일부터는 이 두 가지가 합쳐져 우리나라의 주민등록증과 같이 플라스틱으로 된 '중국 내 외국인 근로허가증' 카드가 발급되기 시작했다.

이에 따라, 중국에서 이미 취업했거나 신규 취업하는 외국인은 A류(고급인재), B류(전문인재), C류(보통인력)의 3가지 유형으로 구분되어 관리되기 시작하였다. 중국 정부는 A급과 B급의 고급인재는 환영하나 중국인이 대체할 수 있는 C류 인력의 경우에는 크게 제한을 가하고 있는 실정이다. A류, B류, C류에 따라 발급되는 외국인 근로허가증의 유효기간도 각각 5년 이하, 2년 이하, 1년 이하로 상이하다.

A류는 중국 정부가 최우선으로 유치하고자 하는 외국인 고급인력으로서 과학기술인재, 대기업 관리자, 전문 기술자, 평균임금이 해당지역 전년도 중국 평균의 6배 이상인 인재 등이 해당한다. 이 경우에는 나이, 학력, 경력의 제한이 없이 근로허가증을 발급받을 수 있다.

B류는 60세 이하의 학사학위 이상을 소지하며 2년 이상 관련 경력을 가진 인재로서 기술자격증 소지 전문가, 교육 분야 종사자, 중국 인력이 부족한 업종 종사자, 평균임금이 해당지역 전년도 중국 평균의 4배 이상인 인재가 해당한다. 우한시 정부는 전문 기술자나 석사학위 소지자 유학생의 경우에는 실제 상황과 조건을 고려하여 유관 업무경력 등의 제한을 적당히 풀어줄 수 있다고 설명한다.

취업과 더불어 중국 내 창업 열풍도 관심을 기울일 만하다. 2016년 이래 중국 정부는 '대중창업(大衆創業)' 정책을 발표하며 민간의 창업을 적극 독려하고 있다. 창업기업은 세금 면제와 창업비용 인하 그리고 투자 융자시스템 구축 등의 지원 정책을 누릴 수 있다. 일각에서는 중국 정부가 이렇게 창업을 중시하는 분위기는 중국 내 실업률이 높아지고 있음을 반증한다고 하나 다른 상황에 대한 면도 있다. 그러나 중국은 한국에 비해서도 비교적 창업이 성공하기에 좋은 여건을 가진 나라임에는 틀림없다.

한국은 인구가 적고 경쟁이 치열하며 최근 수년간 경제의 저성장 기조를 유지하고 있기에 한 분야에서 1, 2등을 하지 않으면 기업이 살아남기 어려운 구조이다. 이에 비해 중국은 시장이 크고 소비자들의 선호도가 매우 다양하여 비즈니스가 성공할 수 있는 여지가 한국에 비해 큰 것 같아 영 부럽게 느껴지곤 한다. 내수 시장이 넓기에 다양성이 존중받을 수 있는 환경은 중국의 가장 큰 장점이라는 생각이다.

중국 최대 전자 상거래 사이트인 '타오바오(taobao, 淘寶)'를 보면 신세계(新世界)가 따로 없다. 처음 보는 기계나 기구 또는 기존의 것을 개량시킨 발명품도 참 많다. 족욕기, 안마기, 중국인들이 즐겨 마시는 두유 제조기, 특이한 요리 기구 등 생활용품들의 종류도 수십 가지가 있고 가격도 천차만별이다. 무엇을 팔든 소비자 타깃팅만 잘 된다면 팔리는 것이다. 중국에서는 참신한 아이디어로 소비자들의 관심을 끌 아이템만 잘 발굴한다면 성공 가능성이 여전히 크다고 보인다.

우한과 같은 중부지역은 이미 세계적 브랜드들의 각축장인 베이징, 상하이 등 대도시에 비해 우리의 중소기업 브랜드들도 경쟁력을 갖출 수 있다는 장점이 있는 시장이다. 일전에 만난 우한 소재 홍콩 무역대표부(Hong Kong Economic and Trade Office in Wuhan) 대표는 의류, 시계, 가방, 소형 가전, 식품, 요식업 등 분야의 홍콩 스타트업과 중소기업들이 중부지역에로의 진출에 큰 관심을 보이고 있다고 했다. 주요 원인이 바로 대도시에 비해 현지인들로부터 주목을 끌어 잘 팔릴 가능성이 높기 때문이라고 했다. 이에 따라 먼저 중부지역에 진출하여 브랜드의 인지도와 시장 점유율을 높인 후에 다시 베이징, 상하이와 같은 대도시로 나아가는 전략을 쓰는 홍콩 기업들도 있다고 설명해 주었다.

나는 우한으로 한국 화장품의 수출을 준비하고 있는 우리 중소업체 사장님 한 분과 만난 자리에서 우한을 현재 중국 내에서 진출하기에 딱 적합한 기회의 도시라고 평가하는 것을 들은 적이 있다. 베이징, 상하이 등 대도시의 경우에는 이미 고가의 명품 브랜드 화장품들이 시장을 선점하고 있는 반면에 중부지역은 소비자들의 구매력이 적당히 높아 우리나라의 중소기업 제품들도 경쟁력이 있다는 말이었다. 또한 중부지역은 한중 간 정치적 갈등으로 인한 우리 기업들의 부정적인 피해가 상대적으로 적은 편인 점도 중요한 요인으로 작용하고 있다고 한다.

우한에 회사를 설립한 홍콩의 한 과학기술회사 CEO는 우한시에 투자를 결정한 주요한 이유로써 대학생 인력이 풍부한 점을 꼽았다. 또한 우한시가 교통, 물류 등 인프라 환경은 중국 내 상위 수준이면서도 임금, 임대료, 생활비, 주거비 등 비용은 여전히 동부 연안의 대도시들에 비해서는 저렴한 수준이란 점도 매력적이라고 한다. 우한시 정부가 적극적으로 투자 유치하려는 태도도 긍정적으로 평가하였는데, 이러한 경우에 투자 이후에 해당 정부와의 의사소통과 업무처리가 좀 더 원활하다는 장점이 있기 때문이다.

우한시 정부의 외자 기업에 대한 지원금도 적지 않다. 우한 둥후(東湖) 첨단기술개발구는 사무실 임대료 보조금 지원, 세금 면제 혜택, 인력 채용 보조, 법률자문과 회계서비스 보조금 지급 등 방침을 가지고 있으며, 첨단 기술산업 지원금, 전문 프로젝트 지원금, 마케팅 사업 보조금 등의 정책적인 보조금도 운영하고 있다. 다만 홍콩 회사의 CEO도 언급하였듯이 이러한 정부측의 혜택은 회사 설립 이후 일정기간(보통 1년)이 지난 후부터 누릴 수 있으며, 혜택을 누리는 만큼 정부측의 규제도 받아야 하는 부담도 존재한다.

창업 관련 우한시 내 또 다른 트렌드는 문화, 여가생활, 레저와 접목한 아이템들의 발전이다. 우한시에서도 중국 내 여타 도시와 마찬가지로 공장, 재래시장과 같이 낙후지역이었던 곳을 고급 식당가나 복합문화창조 공간으로 개조시키는 개발 방식이 빈번히 이루어지고 있다. 분위기 좋은 맛집이나 독특한 카페를 찾아다니는 것은 외국생활 중의 나의 소소한 즐거움이 아닐 수 없는데 우한에도 이러한 곳들이 점점 더 많이 생겨나는 것은 반가운 소식이 아닐 수 없다.

한 비즈니스 행사에서 알게 된 친구 Lina는 우한시에서 개성 있는 복합문화공간을 운영하고 있는 여성 사업가이다. 현지의 부유한 가정 출신인 그녀는 뉴질랜드에서 대학을 졸업한 유학파인데, 유학중에 뉴질랜드 국적을 취득했다. 한국과 일본 여행을 좋아하는데, 서울 여행 중에 인사동의 '쌈지길'로부터 영감을 받아 우한에 유사한 복합문화공간을 만들게 되었다고 한다. 그녀의 복합문화공간은 세련되고 오픈된 분위기의 건축물로써 예술 공방, 식당, 바(bar), 커피숍, 미용실, 옷가게 등이 입점해 있다. Lina는 젊은이들의 취향을 저격한 반려견 모임, 플리마켓(flee market) 등의 다채로운 행사들을 정기적으로 기획하면서 문화와의 접목도 꾀하고 있다.

Lina의 소개로 만난 복합문화공간 내 입점한 식당과 바(bar)의 사장들은 모두 Lina처럼 '하이구이(海龟, 귀국 유학파)' 출신들이었다. 중국의 경제 상황이 좋고 비즈니스 발전 기회도 충분하다 보니 유학 후 가족과 친구들이 있는 우한에 돌아와 정착하게 되었다고 한다. 이들은 최근 중국 중산층의 생활수준과 소비수준이 높아지면서 이국적이고 창조적인 아이템들에 대한 관심이 높아지고 있는 점에 주목하면서 이러한 수요를 충족해 줄 수 있는 창업의 미래에 대해서도 매우 긍정적으로 평가하고 있었다.

중부지역이 중국 내에서는 상대적으로 뒤늦게 발전하기 시작했다고는 하나, 최근 그 성장세는 관찰자의 입장에서 위협감을 느낄 정도로 맹렬하다. 매일매일 새로운 아이템과 트렌드가 빠르게 생겨나는 듯하다. 중국에서 기회를 찾고자 하는 한국인들이 있다면 중부지역에 주목해 볼 만하다는 생각이다.

대한민국 총영사관은 중국 비즈니스의 조력자

사람들은 저마다 행복을 쫓아서 산다. 다만 행복에 대한 정의가 각자 다를 뿐이다. 얼마 전 어느 강연에서 행복에 대한 정의가 '흐뭇함을 느끼는 것'이라고 듣고 크게 공감이 갔다. 내가 외교관이라는 직업을 선택했을 때 가장 바라던 점은 조금이라도 내 일이 누군가를 도울 수 있어 보람을 느끼는 것이었다. 외교관도 일종의 직업이다 보니 우선적으로는 밥벌이를 해결하는 것이 중요하지만, 굳이 매슬로우(Maslow)의 '욕구단계설'을 꺼내지 않더라도 일을 통해 존경을 받고 흐뭇함까지 느낄 수 있다면야 더할 나위 없이 좋을 것이다. 우한에서 영사로 근무하는 동안 다양한 업무를 수행하며 바쁘게 지내왔지만, 그래도 가장 기억에 남는 일은 누군가에게 실질적인 도움을 주었던 일인 것 같다.

나는 경제 담당 영사로서 관할지에 진출해 있거나 진출을 희망하는 우리 기업인들로부터 종종 문의 전화를 받게 된다. 진출 관련 정보를 얻으려 하는 경우도 있고, 비즈니스를 하다가 어려움을 맞닥뜨릴 때 도움을 청하는 경우도 있다. 총영사관이 중부지역의 비즈니스 환경에 대해서 집적해 놓은 정보와 노하우 중에는 민간 기업에 도움이 되는 내용이 있을 수도 있다. 총영사관은 민간 영역의 사적인 경제활동에는 일반적으로 개입하지 않으나, 지방 정부기관이나 현지 제도 등으로 인해 우리 기업들이 애로를 겪는 경우에는 검토를 하고 도울 방법을 강구해 보기도 한다.

외국에서 기업을 운영하다 보면 수익을 창출하게 되는 점은 좋은 일이나, 여러 제도와 법률 그리고 문제를 해결하는 방식이 다르다보니 어려움을 겪는 일도 생긴다. 특히 영세한 규모의 비즈니스라면 스스로 해결할 역량이 부족할 때가 많다. 중국은 기회는 많지만 또 한국과는 많은 다른 점이 있어 진출을 위해서는 충분한 사전준비와 정확한 이해가 필요하다. 그런데 종종 이러한 준비 없이 덜컥 진출한 듯한 중소기업들을 보기도 하게 되니 놀랄 일이다.

일부 중소기업에 해당하는 일이겠지만, 중국 기업과 계약서 체결시 표준 분안을 사용하였다고 하면서 내용을 제대로 숙지하지 않은 채 계약을 체결한 경우도 있다. 모든 권리와 책임이 법률 문서인 계약서에서 출발하는 것인데 투자금이 적지 않은 상황에서 너무나 안이한 조치라는 생각이다. '배보다 배꼽이 더 큰' 것처럼 소정의 변호사 자문비를 아끼려다가 회사의 투자금 전체를 날릴 수도 있는 위험이 있다. 벌써 몇 년 전 일이기는 하나 우리 대기업의 경우에도 중국측 회계 장부만 믿고 공장을 매수하였다가 자산으로 잡혀 있던 기계들이 실제는 고철과 별반 다름없는 상태로 드러났던 어이없는 사례가 있었다.

따라서 중국에 투자를 하게 된다면, 투자 사전 단계에서부터 현지 직원 고용 관계, 통관 수속, 세무 규정, 그리고 여타 관련 법규 등 중국의 비즈니스 환경에 대한 철저한 이해가 기본이다. 또한 중국측 파트너와 계약을 체결하게 된다면 가급적 중국 법률사무소를 통하여 계약서를 철저하게 검토하는 것이 필요하다. 또한 외국 기업으로서 중국의 지방 도시에서 사업을 하는 데에는 항상 '정치적인 리스크(political risk)'가 존재하는 점도 인지해야 한다. 지방 정부의 담당 고위 공무원이 교체되는 경우 이미 체결된 협력 의향서(MOU)가 취소되거나 지체되는 경우도 종종 발생한다. '화장실을 다녀오기 전과 다녀온 후가 다르다'는 말이 있듯이 외자를 유치할 때 보여주는 지방 정부측의 환대가 외자 유치 이후에도 지속되리라고 단순하게 믿어서는 안 되며, 늘 제도적이고 법률적인 보장을 확인하는 것이 필요하다.

중국 현지에서 사업체를 운영하는 우리 중소기업의 경우 큰 법률적 사안이 발생하지 않는 한 고정적인 자문 변호사를 두고 있지 않은 경우가 대부분이다. '법률자문서비스'는 외교부가 우리 기업들의 해외 진출을 측면 지원하는 입장에서 재외공관이 현지의 법률 전문가와 계약을 체결하여 필요한 경우에 우리 기업들을 위해 법률 정보와 자문을 제공하는 서비스이다.

우리 총영사관도 현지의 가장 우수한 로펌 중 한 곳과 계약을 체결하여 담당 변호사로부터 법률자문을 구하고 있다. 대형 로펌이다 보니 현지 사정을 잘 알고 법률적 경험도 풍부하여 늘 아군을 둔 것처럼 매우 든든하게 느껴질 때가 많다. 우리 총영사관은 이 서비스 사업을 수년 째 실시하고 있는데 우리 기업들에 가장 실질적으로 도움을 주는 업무라는 생각이 든다. 우리 기업들로부터도 이 서비스에 대한 만족도가 굉장히 높은 편이다.

한 번은 우한시에 진출해 있는 우리 중소기업의 간부로부터 다급한 목소리의 전화를 받게 되었다. 회사 직원 관련한 문제가 생겼는데, 찾아와서 긴급하게 면담을 하기를 희망한다는 것이다. 면담을 통해서 알아보니, 중국의 다른 도시로 출장을 보낸 직원이 갑자기 뇌출혈로 쓰러져 장기 식물인간 상태에 빠졌다는 것이었다. 기업 스스로도 변호사 사무소를 찾아다니며 법률적 해결 방법을 모색하고 있지만 이런 경우가 처음이다 보니 총영사관에 참고할 만한 정보나 조언이 있는지 도움을 청해 온 것이었다.

쓰러진 직원은 평소에 지병을 앓아온 것으로 보이는데, 가족들에게 연락을 해도 간호하러 오지 않는 상황이라고 했다. 어쩔 수 없어서 회사 직원 한 명을 파견해서 응급실을 지키는 상황이라고 했다. 이야기를 들어보니 출장 갔다가 식물인간 상태에 빠진 직원의 처지도 참 딱했지만, 매일 한국 돈 수십만 원에 달하는 응급실 비용을 장기적으로 부담할 우리 중소기업의 부담도 만만치 않은 상황이었다.

무엇보다 산재보험 적용 여부가 관건이었다. 나는 우한시 인력자원사회보장국에 연락을 취해 산재보험 적용 여부 판정 결과가 빨리 나오도록 요청했다. 이 연락이 효과가 있었던 것인지, 통상 3개월이 걸려 나온다는 판정 결과가 10일 만에 재빠르게 나왔다. 결과 내용은 우리 예상과 다르지 않게 작업 현장이 아닌 호텔에서 지병으로 인해 쓰러진 경우이기 때문에 산재보험 적용 대상이 되지 않는다는 것이었다.

나는 총영사관 자문 변호사와 우리 기업 간의 면담을 주선하여 어떠한 방식으로 환자를 우한으로 이송해 와서 신변을 가족들에게 인계할 것이며, 만일 환자가 사망하는 경우에는 어떻게 유족들과 협상해야 하는지에 대해 함께 논의했다. 현재는 환자 가족들이 간호를 나 몰라라 하고 있는 상황이지만, 중국에서는 유족들이 보다 많은 위로금을 위해 기업을 상대로 소란을 벌이거나 소송을 하는 일도 비일비재하기 때문이었다.

안타깝게도 식물인간 상태였던 직원은 우한으로 이송된 후 얼마 지나지 않아 사망하게 되었다. 기업측은 유가족들과 순조롭게 합의를 마무리했다. 훗날 기업측은 총영사관의 빠른 도움 덕분에 총 비용을 절감하면서도 윤리적으로도 부족함 없이 문제를 잘 해결할 수 있었다며 감사를 표해 왔다.

우리 기업들이 중국에서 겪는 애로는 미수금 발생, 통관 지체, 중국인 고용상의 문제, 지방 정부의 세무 조사 등 참으로 다양하다. 베이징 대사관의 주도하에 중국에서 기업활동을 하면서 겪는 우리 기업들의 애로 사례들을 수집하고 이를 묶어 책으로 발간하기도 한다. 그러나 일부 기업들의 경우에는 영업 비밀로 생각하는지 자문 내용이 외부에 알려지는 것을 극히 꺼려하기도 한다. 그러한 연유인지 문제가 있을 때는 총영사관에 급하게 도움을 요청해 오다가도 문제가 해결되는 가닥이 잡힌 후에는 갑자기 연락을 해오지 않는 경우도 있다.

중국의 지방에서는 여전히 '관치주의(官治主義)'가 강한 편이기 때문에 총영사관이 우리 기업들의 애로 해결에 직접 나서는 경우에 빠른 해결에 도움이 되고 있다. 경제 영사로서 현지에 진출한 우리 기업들을 주기적으로 접촉하고 이들의 애로 사항을 도와주는 일은 업무의 매우 중요한 부분이다. 현지 사법기관에서 진행되고 있는 기업간 사적 분쟁 사건의 경우에는 총영사관이 사건에 개입하는 것처럼 비치는 것은 최대한 지양하는 편이다. 그러나 우리 기업이 관여된 사건에 정부로서 관심을 갖고 공정히 처리되는 것을 지켜보고 있다는 것을 현지 사법기관들에 선달하는 것만으로도 다소간의 주의를 환기시키는 역할을 할 때도 있다.

중국 우한 영사관 정보

· **관할지역**   후베이성(湖北省), 후난성(湖南省), 허난성(河南省),

                              장시성(江西省)

· **근무시간**   09:00 ~ 18:00

· **비자신청**   09:00 ~ 11:30

· **중국인 여권 교부** 15:00 ~ 17:30

· **토/일요일**   휴무

· **공휴일**

주재국 경축일(휴무일자)		대한민국 국경일	
1. 1	원단(1)	3. 1	3.1절
음력 1. 1	춘절/설날(3)	8. 15	광복절
4. 4	청명절(1)	10. 3	개천절
5. 1	노동절(1)	10. 9	한글날
음력 5. 5	단오절(1)		
음력 8. 15	중추절/추석(1)		
10. 1	국경절(3)		

· **주소**   중국 호북성 무한시 강한구 신화로 218호

             포발은행빌딩 4층,19층 (우편번호 : 430022)

· **전화번호**   (027) 8556-1085

· **긴급연락처**   159-2624-1112

행복한 중국 생활

인기만점! 효도 관광지 장자제

출장차 한국에 잠시 귀국했다가 다시 우한행 비행기를 타고 돌아오는 길이었다. 공항에 비행기가 이륙하자마자 내 핸드폰엔 바쁘게 메시지 도착 알람 소식을 울려댔다. 무슨 문자인가 하고 들여다보니 핸드폰 화면 위에는 발신자가 외교부로 되어 있는 여러 개의 SNS가 나열되어 있었다.

"해외 위급상황 시 영사콜 센터, +82~2~3210~0404에서 필요한 안내를 받으세요.", "외교부 영사콜 센터가 주요 외국어 통역서비스를 제공합니다", "세계 각지 테러 가능성 높아 신변안전유의, 특히 다중밀집장소 방문자제 요망" 등등. 친절하기 짝이 없는 안내 멘트들이었다. 참 외교부가 시쳇말로 '열일한다'는 느낌을 받았다. 외교부 내부 사람이자 또 때로는 그 서비스를 받는 일반인으로서 감회가 새로웠다.

실로 전 세계적으로 잊을 만하면 화산 폭발, 지진, 폭풍 등과 같은 자연재해 그리고 테러, 항공기 사고, 교통사고 등과 같은 인재들이 발생하곤 한다. 그때마다 좋지 않은 무거운 마음으로 해당 뉴스 기사를 읽게 되는데, 그러한 기사마다 빠지지 않는 내용이 바로 현지 대사관이나 총영사관이 대책반을 수립하고 담당 직원을 현지에 파견해서 빠르고 신속하게 우리 국민들과 관련한 관련 업무 처리를 돕고 있다는 것이다.

그 담당 직원이 좁게는 내가 실제로 아는 사람일 수도 있고, 넓게 보더라도 선후배 동료들일테니 그러한 기사가 남 일 같지만은 않다. 그러한 기사에 혹여나 외교부를 비판하는 댓글이 달린 것은 아닌지 괜스레 주의 깊게 찾아보게 되고, 동료들이 얼마나 고생을 하고 있을지 동병상련(同病相憐)을 느끼게 된다. 다행인지 최근에는 뉴스 기사의 댓글 중에는 열심히 일하는 외교부 직원들에 대해 수고한다고 평가하는 내용도 적지 않아 이를 읽는 내 마음 한편에도 안도감이 들곤 한다.

내가 외교부에 근무하는 것을 아는 지인들이 종종 해외에서 체류하다가 본인이나 지인들의 다양한 애로사항을 호소해 오는 경우가 있다. 기본적으로 해외의 우리 대사관과 총영사관의 인터넷 홈페이지의 첫 화면에는 우리 국민들의 사건·사고 발생 시 연락을 취할 수 있는 담당자와 전화번호를 기입해 놓고 있다. 나는 이를 참고해서 연락을 취하라고 안내한다. 또는 인터넷에 접속하기 어려운 상황이라면 영사콜 센터로 전화하는 것도 한 방법이라고 답한다.

우리 재외국민과 관련한 업무를 포괄하여 '영사(領事) 업무'라고 칭하는데, 해외 우리 영사관은 우리 국민들과 관련한 여권 업무, 공증 업무, 공문서 발급 업무 및 사건·사고 업무 등을 수행하고 있다.

우한에 와서 첫 번째로 떠난 출장지는 바로 장자제(張家界, Zhangjiajie)였다. 한국에서부터 신문이나 TV 홈쇼핑에서 어르신들의 효도 관광지로 익히 그 명성을 들어온 곳이다.

우한 총영사관으로 발령이 난 후 지인들을 만날 때 가장 빈번하게 들은 질문 중 하나가 바로 "그런데 우한이 중국의 어디에 있어요?"였다. 그럴 때마다 나는 우한이 후베이성(湖北省)의 성도(省都, 성 정부 소재지)로서 중국의 중심부에 위치해 있으며, 창장(長江, Yangtze River)이 도시의 중심을 관통한다고 정성스레 설명하곤 했다. 그래도 대부분의 지인들은 영 잘 모르겠다는 표정이었다.

"우한은 유명한 관광지인 장자제 근처이고, 장자제도 우리 총영사관의 관할 범위예요."라고 말하면 지인들은 그제야 잘 알겠다는 듯 눈빛을 반짝였다. 그리고 내가 우한에 있는 동안 꼭 장자제를 방문하겠노라는 말도 잊지 않았다.

사실 장자제는 우한에서 약 600km나 떨어져 있어 나의 지인들이 그리 생각처럼 쉽게 우한을 들렀다가 갈만한 곳은 아니다. 보통은 육로 교통을 이용하지 않고 1시간 가량 소요되는 항공편을 이용한다. 우한과 장자제를 잇는 고속철이 몇 년

빼어난 절경을 자랑하는 중국 '장자제'

후에 개통된다면 우한에서 장자제를 가기가 좀 더 편해질 것으로 보인다. 현재는 대부분의 관광 상품이 한국에서 장자제 공항으로 직항편을 통해 이동하든지 아니면 장자제가 위치한 후난성(湖南省)의 성도(省都)인 창사(長沙)를 경유하여 장자제로 이동하는 방식을 취하고 있다.

장자제는 실로 우리 총영사관의 관할지역 내 가장 유명한 관광지이다. 1999년 유네스코(UNESCO) 세계자연유산으로 등록되었으며, 중국의 국가여유국이 정한 5A(AAAAA)급 관광지이다. 특이하게도 중국의 관광지에는 입구마다 'A'가 1~5개까지 표기되어 관광지의 등급을 나타내고 매년 국가여유국(國家旅遊局) 심사를 통해 등급 조정과 추가 지정이 이루어진다. 2016년에 장자제를 방문한 관광객은 6천만 명에 달했다고 한다.

중국은 다양한 기후대와 자연지질 환경을 갖추고 있어 사막에, 설산에, 초원에 다양한 자연 환경을 갖춘 관광 자원이 풍부하다. 개인적으로는 신장(新疆), 윈난(云南), 구이린(桂林), 주자이거우(九寨溝) 등 유명 관광지와 황산(黃山), 백두산, 태산(太山)과 같은 산에도 많이 올라가 봤다고 자부하지만, 장자제의 풍경은 그 중에서도 단연코 손꼽히는 장관이었다.

산 한가운데 설치된 엘리베이터를 타고 수 초 만에 300여 미터를 수직으로 올라가 산 정상에 도착하면 구름 사이로 우뚝 서 있는 기이한 돌 봉우리들을 위에서 내려다볼 수 있다. 이들이 마치 병풍처럼 중첩된 웅장하고 신비로운 광경을 보고 있자면 절로 탄성이 나올 법하다. 옛날에는 족히 이 구름 높이의 돌 산 위에 신선들이 산다고 여겼을 것 같다.

장자제 출장 첫날, 총영사와 나 그리고 행정 직원들로 구성된 출장팀은 아침 일찍 공항에 도착하여 비행기 체크인을 하고 탑승을 기다리고 있었다. 그런데 탑승시간이 다 되어 갈 때까지 탑승에 대한 안내가 없는 게 아닌가. 항공사 직원을 찾아가 물어보니 그제야 비행기가 기체 수리 중이라서 장자제로부터 출발도 하지 않았다고 말해주었다. 언제 수리가 완료될 것인지 묻는 데에도 항공사측은 잘 모르겠으며 인내심을 갖고 좀 더 기다리라는 답이 되돌아 올 뿐이었다.

중국 공항에서는 기상 악화나 관제탑의 항공 교통관제를 이유로 연발과 연착이 비일비재로 일어난다. 그나마 국제선의 경우가 국내선보다 정시에 잘 뜨고 내리는 편인 것 같다. 나 또한 중국에서 생활하면서 공항에서 6시간 이상 기다린 적도, 비행기에는 정시에 탑승하였다가 기내에서 4시간을 기다린 적도 있다. 그나마 가급적 당지의 도시에서 출발하는 항공편을 알아보고 예약하는 것이 연발을 막는 최선의 길이라는 것이 오랜 중국생활을 통해 터득한 노하우이다.

우리 일행은 기약 없는 비행기를 계속 공항에서 기다릴 것이냐, 아니면 자동차로 장자제까지 이동할 것이냐를 두고 빠르게 결정해야 했다. 일정대로라면 오후에 도착하여 저녁에는 장자제시(市) 서기, 시장 등 고위 인사들과 만찬이 예정되어 있었다. 육로로 이동하더라도 8시간이 걸리는 빠듯한 여정이었기에 출발을 서둘러야 했다. 결국 우리는 '예측 가능성'을 가장 우위에 두고 육로로 가는 것을 택했다. 예상치 못했던 8시간의 '로드 트립(road trip)'의 시작이었다.

장자제는 한국인 관광객 수가 최고일 땐 연 30만 명에 달한다. 실제로 통계에 따르면 2009년 4만 9천 명에서 2010년 19만 명 그리고 2011년 22만 명으로 매년 크게 증가해 왔다. 한국에서 알려진 대로 '효도 관광지'인 만큼 연세가 많으신 어르신 단체 관광이 다수를 차지한다. 그런데 장자제 관광지의 길이 아무리 편하게 닦여 있고 케이블카도 있고 심지어는 엘리베이터와 에스컬레이터도 있기는 하지만 기본적으로 산행(山行)이다. 오래 걷는 데에는 체력이 필요하고 좁고 험준한 길도 있다 보니 주의가 필요하다. 우리 국민들이 많이 다녀가는 곳이다 보니 교통사고나 산길에서의 건강상 사고 등 예상치 못한 안타까운 사건사고가 종종 발생하곤 한다.

재외 국민 보호는 총영사관의 기본적인 임무 중 하나이다. 외국에서 사건사고가 발생하면 우리 국민들은 아무래도 의지할 곳으로서 먼저 대사관이나 총영사관을 생각하게 될 것이다. 따라서 총영사관으로서도 우리 국민들이 연루된 사건사고에 대비하여 불철주야 관심의 끈을 놓지 않고 있다. 사건사고 담당 경찰 주재관이 한 명 있고 야간과 주말에는 직원들이 당번을 서서 당직 전화를 받고 있다.

당직 전화 당번인 날이면 밤에도 전화가 울릴까봐 긴장의 끈을 놓지 못한다. 혹시라도 자느라 걸려오는 전화벨 소리를 못 듣지나 않을까 싶어 잘 때도 전화기를 베개 곁에 두어야 마음이 편하다. 그러다 사건사고 전화라도 받게 되면 바로 담당 영사에게 연락을 취하고 담당 영사는 재빠르게 응대해 나간다.

장자제에서 사건사고가 발생이라도 하면, 우리 총영사관의 사건사고 담당 영사는 보통 차량으로 장자제까지 이동하곤 한다. 우한에서 장자제까지 비행편이 자주 있는 것도 아니고 정확한 사고 지점까지 가기 위해 차량 운행이 필요한 것이다. 직접 8시간을 걸려 차로 가보니 이 먼 길을 매번 출동해야 하는 사건사고 담당 영사와 행정직원들의 노고를 실감할 수 있었다.

겨우 늦지 않게 만찬에 도착하니 장자제시 정부 인사들은 우리 일행을 크게 환대해 주었다. 관광 수지가 정부 수입 전체의 60%를 차지하는 장자제시 입장에서는 외국인 관광객 1위인 한국의 총영사 일행의 방문이다 보니 크게 신경 쓴 것 같았다. 우리 총영사관 입장에서도 우리 국민과 관련된 사건사고가 발생하게 되면 즉각 장자제시 정부와 연락해서 협력하여 처리해야 하는 일들이 많다.

장자제시측은 한국 관광객에게 최상의 서비스를 제공하고 안전 확보를 위해 노력할 것이라고 했다. 이를 위해 평소에 한국인 관광객을 유치하는 여행사를 대상으로 한 안전 교육 실시도 강화하겠다고 했다. 그 외에도 필요한 것이 있으면 언제든지 알려만 달라고 하며 우리와의 협력에 적극적인 태도를 보였다.

외교라는 것이 쌍방이 모두 이득을 얻을 수 있는 윈윈(win~win) 관계에 있을 때에는 대화 분위기도 화기애애하고 협조도 수월하다. 수고스러운 협상전략 구사가 필요하지 않아 심적으로 편하다. 중국인들과 일을 할 때에는 이렇게라도 한 번 만나서 안면을 트고 함께 식사를 하고 '친구'로 삼아두는 것이 중요하다. 이후에는 전화 한 통 만으로도 훨씬 순조롭게 업무 협조가 이루어진다. 직접 먼 길을 방문한 것이 수고스러운 면이 있긴 했지만 여러 모로 수확이 적지 않았던 방문이었다.

천하명승 장자제

중국의 대표적인 여행 도시 중 하나로서 우링(武陵) 산맥의 중앙에 위치해 있다. 츠리[慈利]현, 융딩[永定]현, 쌍츠[桑植]현 등을 포함하며, 인구는 161만 4,500명(2006년)이다. BC 221년부터 도시가 시작되었으며, 대룡(大庸)이라는 지명으로 불려왔다. 1988년 5월 지급시(地級市)로 승격하였고, 1994년 4월 4일 장자제시로 명칭을 바꾸었다.

뛰어난 자연경관으로 인해 1982년 9월 장자제가 중국내 최초의 국가삼림공원으로 지정된 후, 1988년 8월에는 우링위안(武陵源)이 국가 중점 풍경명승구로 지정되었고, 1992년에는 장자제국가삼림공원, 쒀시위(索溪峪·삭계욕) 풍경구, 텐쯔산(天子山·천자산) 풍경구가 우링위안자연풍경구와 함께 세계자연유산으로 등록되었다. 주된 산업은 관광업이며 중국 전역과 한국, 일본 등 아시아 지역에서 관광과 투자를 위해 사람들이 많이 찾는다.

관우를 만나다! 《삼국지연의》

후베이성의 징저우(Jingzhou, 荊州[형주])는 우한에서 약 200km 의 거리에 있는 인구 690만 명의 도시이다. 중국에는 "하(夏)나 라를 건국한 우(禹)왕이 중국을 9개로 나누었는데 그 하나가 징 저우다(禹划九州, 始有荊州)"는 말이 있는데, 이는 징저우라는 도시의 수 천년의 오랜 역사를 은유적으로 보여준다.

무엇보다 《삼국지연의(三國志演義)》를 읽은 사람들에게 징저 우는 매우 익숙한 명칭일 테다. 유비가 쫓기며 몸 둘 데가 없 어 유표에게 의탁한 곳이 바로 징저우였고, 제갈량은 유비에 게 촉나라의 힘을 기르기 위해 징저우를 손에 넣을 것을 수 차 례 간언했다. 징저우는 중국 중심부의 창장(長江, Yangtze River)변 의 주요 평야 곡창지대로써 지리상 그리고 전략상 중요한 지역이기에 위(魏), 촉(蜀), 오(吳) 삼국 모두 징저우를 차지하기 위해 치열한 각축전을 벌였다. 적벽대전에서 승리를 거둔 유비가 징저우를 차지하고 이를 관우가 맡아서 지키다가 이후 다시 오나라에게 빼앗기고 만다.

중고등학교 시절 전략적 마인드를 높이기 위해 《삼국지연의》를 꼭 읽어야 한다는 말에 나는 "《삼국지연의》를 안 읽은 사람은 있어도 한 번 읽은 사람은 없다."며 전집을 여러 번 독파한 기억이 있다. 《삼국지연의》를 읽은 것이 전략적 마인드를 키우는 데 도움이 되었는지는 잘 모르겠으나, 훗날 중국 사람들에게 《삼국지연의》를 읽어 보았노라 자랑스럽게 말할 수 있게 된 것은 큰 수확이다. 외국인으로서 《삼국지연의》를 읽었다고 하면 중국 친구들은 굉장히 놀라며 이를 높게 평가해 주는 분위기이다.

중국에서 레스토랑이나 상점에 가보면 입구에 청룡도를 찬 붉은 얼굴의 관우 제상을 차려놓고 향을 피워놓은 곳을 적지 않게 찾아볼 수 있다. 관우가 중국에서 전통적으로 '재물의 신[財神]'으로 신격화되어 추앙되어 왔기 때문이다. 중국 사회에서 중요한 위상을 지닌 관우가 징저우와 인연이 깊다보니 징저우 시는 관우를 시의 테마로서 적극적으로 프로모션하는 모양새다. 일례로 징저우 시내에 58미터에 달하는 초대형 관우 동상이 세워져 있다. 또 관우와 여타 《삼국지연의》 등장인물들을 테마로 한 대형 놀이동산이 곧 개장한다는 소식도 들린다.

징저우 고성(固城)에 오르면 관우와 유비, 장비, 제갈량 등의 동상을 지어놓은 사당을 볼 수 있다. 징저우 고성은 명말 청초에 마지막으로 보수된 이래 350여 년의 역사를 보유하며 지금까지 비교적 완전하게 보전되어 있는 몇 안 되는 창장 중류의 고성이다. 고성 성곽에 오르면 징저우 시내가 멀리까지 내려보인다. 역사가 깃든 돌바닥을 따라 천천히 한 바퀴 걷다보면 이 성곽에서 벌어졌을 그 옛날의 치열한 전투들이 절로 상상이 된다. 지금은 주위의 나무들과 어우러진 고즈넉한 멋의 산책로일 뿐이지만 말이다.

우한에 온 지도 4개월 남짓, 유월의 어느 흐린 오후 나는 징저우로 향하는 고속도로 위에 있었다. "《삼국지연의》를 읽으며 마음속으로만 그려본 곳을 직접 가보게 되다니!" 출발 전날까지 마음이 꽤나 설레었다. 중국 전국 방방곡곡 어디를 가나 잘 닦인 고속도로는 평일에는 교통이 잘 뚫리기까지 했다. 기분은 마치 여행을 떠나는 듯 했으나 실제로는 2박 3일의 빠듯한 출장이었다. 징저우에 도착하자마자 사스구(沙市區) 정부 인사들을 만나 경제개발구를 참관하고 간담회를 갖기로 했으며 다음 날에는 〈제7회 국제 애니메이션 박람회〉의 개막식에 참석하고 축사를 하는 일정이었다.

달리는 차창 밖으로 내 시야에는 끊임없는 평야와 나무들이 들어왔다. 여름 초엽의 무성한 초록빛을 계속 보고 있자니 눈이 다 맑고 시원해지는 기분이 들었다. 습기를 머금은 싱그러운 향기도 차창 너머로 스며들어와 기분을 무척 상쾌하게 해주었다.

후베이성은 '1천 개의 호수의 성[千湖之省]'이라는 별명을 가지고 있다. 우한시만 하더라도 호수가 무려 166개가 있다고 한다. 총영사관 근처에만 하더라도 크고 작은 호수가 세 군데나 된다. 경제 발전과 더불어 건물을 짓기 위해 끊임없이 호수들을 매립해 왔지만 여전히 그렇게 많이 남아 있다고 하니 과거에는 얼마나 호수가 많았을지.

중국의 여러 도시들을 다녀보았지만 이렇게 수자원이 풍부한 지역은 처음이었다. 풍부한 수자원과 비옥한 토양은 이 지역의 수목과 농작물들이 잘 자라도록 도와 초록의 싱그러움을 가능케 해주는 것이었다. 이러한 기후와 환경이야말로 후베이성만의 매력 포인트였고 내가 후베이성의 매력에 처음으로 그리고 강력하게 퐁당 빠져드는 순간이었다.

사실 우한에 온 이래 나는 이 도시에 대해 불만이 참 많았다. 우선 도시가 빠르게 발전하는 탓이겠지만 이곳저곳이 공사판이었다. 그러다보니 흙먼지도 많아서 현대식 건물의 지하주차장임에도 불구하고 차를 세워놓으면 1주일이 지나기가 무섭게 차가 흙먼지로 뒤덮이고 만다.

횡단보도를 건널 때면 우회전 하는 차들이 행인은 아랑곳하지 않고 '획' 앞을 지나쳐 가기 일쑤여서 가슴을 졸인 일이한두 번이 아니다. 총영사관 앞 대로변의 녹색 신호는 어찌나짧은지 다른 중국 행인들에게 묻혀서 함께 길을 건너지 않으면 건널 도리가 없다. 나는 우한생활의 이러한 불편한 점들을 'CCR(Central China Risk, 중국 중부지역의 리스크)'이라 는 신조어를 만

들어 놀려대며 투덜투덜 대곤 했다.

징저우 행 차 안에서야 비로소 지난 몇 달간 내가 얼마나 부정적인 면에만 집중하고 있었는가를 느끼기 시작했다. 우한의 생활이 모던함, 편리함, 국제화 등 면에서 중국의 여타 대도시에 비해 떨어지긴 했지만, 내가 우한의 좋은 면을 보려 하지 않은 점도 사실이었다.

징저우에 도착하자마자 방문하게 된 사스(沙市)는 1894년 갑오(甲午) 전쟁 발생 이후 1895년 청일간에 체결된 '마관조약(馬關條約)'에 의해 개항된 4개의 항구 중 하나이다. 20세기 초까지만 해도 후베이성의 제2대 항구 중 하나로써 산업교통의 요지로 화려한 영광을 자랑하던 도시였다. 1994년에 징저우의 한 구(區)로 편입되어 시(市)로서의 위상은 잃었으나 여전히 경제 산업이 징저우 내에서 상대적으로 발전된 지역이다. 사스구 경제개발구에는 대만, 미국 등의 외국계 자동차 부품 회사들이 입주해 있다. 자동차 업종이 우세한 우한시와 밸류체인(Value Chain)이 형성되어 있는 것이다.

중국 지방 정부의 투자유치 담당 부서들은 외국 기업을 유치하는데 꽤나 적극적이다. 사스구 투자유치 담당들도 우한시까지 와서 우리 총영사관을 방문해서는 "일단 먼저 산업기반 시설에 대한 시찰을 한 후에 투자에 관심 있는 한국 기업들에게도 많이 소개해 달라."며 연신 부탁을 했었다. 외국 기업을 유치하면 세수가 증가하고 지역 고용에도 긍정적 영향을 미친다. 또 대외 개방성 재고 측면에도 전반적으로 큰 플러스가 된다. 각 투자유치 부서들은 실적 목표치를 갖고 있어 이로 인한 스트레스도 적지 않은 것 같았다.

경제개발구를 둘러 본 후에 사스(沙市) 정부 고위 인사들과 가진 간담회 자리와 이어진 만찬 석상에서도 중국 인사들의 사스구 홍보는 끊이지 않았다. 2020년경에는 징저우시에 공항이 새로이 개통될 예정이며 이에 따라 물류와 교통이 더욱 편리해질 것이라 했다. 만일 한국 기업이 사스구 내에 입주하게 되면 행정 수속, 융자 담보 등의 분야에서 가능한 가장 유리한 우대정책을 제공하겠노라 약속해 오기도 했다.

다음날 참석한 삼국동화(三國童畵) 국제 애니메이션 박람회는 징저우 출신의 한 문화미디어 사업가의 아이디어와 주도로 시작된 이래 7년째 개최되고 있다. 징저우시가 관우를 비롯한 《삼국지연의》와 관련하여 유명세가 있는 만큼, 이를 테마로 한 애니메이션 콘텐츠를 개발하여 글로벌 시장으로 나아가겠다는 전략이다. 그 과정에서 애니메이션 산업에서 수준이 상대적으로 앞선 한국, 일본 등과 협력하여 벤치마킹하고 보다 많은 기회를 모색해 나가겠다는 것이다.

주최측은 내게 연신 참석해 준 데 감사를 표했다. 한 기업가가 창의성과 노력을 바탕으로 행사를 기획하여 제로베이스에서 성(省) 정부 차원의 지지를 받는 수준까지 위상을 높여온 점은 내게 큰 감동을 선물해주었다. 코스프레 차림으로 길거리를 활보하는 징저우 청소년들은 일본이나 한국 청소년과 다를 바 없는 열정적이고 당찬 모습이었다. 국적을 넘어 사람들을 하나의 관심사로 이어주는 것, 바로 콘텐츠의 위력과 매력이지 않을까.

　관우와 《삼국지연의》를 모티브로 한 관광문화상품들이 잘 개발되어 징저우시가 앞으로 더욱 매력적으로 거듭나는 것을 기대해 볼 만하다. 이는 징저우의 전반적인 경제 발전을 촉진할 것임이 틀림없다. 앞으로 징저우 공항이 개통되고 한국과의 항공노선이 개설된다면 한국인들의 징저우 방문도 훨씬 쉽고 편리해질 것이다. 내가 징저우를 방문하면서 후베이성의 매력을 알아차렸듯이 비옥한 자연 환경 그리고 오랜 역사가 징저우를 방문하는 사람들의 가슴속에 후베이(湖北)에 대한 좋은 인상을 남기리라 확신해 마지않는다.

기록적인 중국의 폭우와 폭염

　유월 중순부터 칠월 중순까지는 하루가 멀다 하고 비 소식이었다. 마치 하늘에 구멍이라도 난 듯 쏟아지는 폭우는 우한에서 첫 여름을 맞는 내게 강렬한 인상을 선사했다. 비라고 하면 한국의 장마도 그 세기와 강우량에서 둘째가라면 서러울 테지만, 우한의 문제는 바로 배수 시스템이었다. 원래 늪지대였다고 하는 이 지역의 지리적 특징과 인프라 문제로 인해 한 번 집중 호우가 왔다 하면 저지대는 물에 잠겨 버리고 물이 빠지는 데에는 최소 한나절이 걸리는 듯했다.

　2016년은 중국 중부지역의 강우량이 특별히 많은 편이라고 하더니 언론에서 중부지역의 수재 발생 보도가 꼬리에 꼬리를 물었다. 뉴스에서는 연일 사상자와 수재민이 몇 명 발생하였으며 얼마나 많은 농경지와 주택지가 침수되었는가를 보도했다. 시골의 낙후지역에서는 산사태와 주택 붕괴 등의 사고도 이어졌다. 결국 2016년 여름 이 지역에서 발생한 수재 규모는 근래 몇 년 중 최대 수준에 달했다. 한국에서도 관련 내용이 언론에 보도가 되자 가족들이 내 신변이 괜찮은지 걱정하며 물어올 정도였다.

현지 상황이 심각할 때는 총영사관 차원에서도 모니터링팀을 가동시킨다. 혹여나 관할지역 내 우리 국민들이나 기업이 피해를 입지나 않았는지를 확인해 가며 혹시 모를 상황 발생에 대비하자는 것이었다. 모니터링팀은 매일 언론에서 보도하는 폭우피해 상황과 규모를 정리하고 각 지역의 한인회와 지속적으로 연락을 취하면서 피해 상황이 접수된 것이 있는지를 파악했다.

다행히도 우리 교민들은 주로 도심에 거주하고 있기 때문에 수재를 직접적으로 입은 케이스는 없었다. 그럼에도 불구하고 총영사관은 혹시 모를 피해를 예방하고자 교민들에게 가급적 수해지역을 방문하지 말 것을 권고하는 안내문을 발송하곤 했다. 마음이 편치 않은 날들이 이어졌다.

우한을 동서로 가르는 창장(長江, Yangtze River)변에는 서울의 한강공원과 유사한 고수부지 공원이 조성되어 있다. 다만 한강공원과의 차이라면 고수부지와 강변도로 사이에 약 2미터 높이의 벽이 높게 세워져 있고 좁은 문을 통해서만 고수부지 안으로 진입할 수 있다는 점이다. 이 때문에 우한에서 수년간 거주한 한 영사는 그 안으로 들어가 볼 생각을 하지 못하다가 귀국 직전에야 비로소 고수부지 공원의 존재를 알게 되었다는 우스운 얘기도 있다.

평소에는 창장의 수위가 고수부지 한참 밑이었다. 그러던 것이 폭우가 열흘 넘게 지속되자 강물 수위가 고수부지 바로 밑까지 차올라 언제 고수부지 위로 넘어 오를지 모르는 위태위태한 상황이 연출되고 말았다. 설령 고수부지가 강물에 잠기더라도 벽으로 인해 시내는 침수로부터 안전할 것이다. 나는 폭우 상황이 심각해지고 나서야 그 높은 벽의 존재 이유를 잘 이해하게 되었다.

예로부터 창장의 치수 문제는 이 지역의 사회 안정과 경제 발전과 직결된 커다란 과제였다. 주기적으로 발생하는 창장의 홍수와 이로 인한 침수는 후베이성 경제의 안정적인 발전에 큰 장애로 작용해 오다가 1998년에 '산샤(三峽)댐'이 건설되고 나서야 강 수위 조절이 원활히 되고 있다.

칠월의 어느 아침, 일어나서 밖이 어두운 걸 보니 또 밤새 비가 온 모양이다. 이젠 매일 비가 오는 걸 봐도 전혀 놀랍진 않다. 그런데 창문 밖 고가도로가 한산하고 차들이 별로 눈에 띄지 않는 점은 좀 평소와 달라 보였다.

이상한 낌새에 로비에 내려와 바깥 상황을 물으니 밤새 천둥 번개를 동반한 국부성 폭우가 내렸고 이로 인해 아파트 부근이 모두 침수되었다는 것이다. 아마 길거리에 택시가 다니지 않을 것이라는 부가 설명이다. 그때 복도에서 우연하게 마주친 미국 총영사관의 영사는 미국은 오늘 같은 날씨엔 자동적으로 자택 근무라며 느긋한 표정을 짓고 있었다. 나는 속으로 '우리 총영 사관도 이런 날씨엔 자동 자택근무라면 얼마나 좋을까' 하고 중 얼거리며 어떻게 출근을 할지 고민하기 시작했다. 전화로 알아 보니 일부 고립지역에 사는 직원들을 제외하고는 그래도 대부 분의 총영사관 직원들이 출근중인 모양이었다.

원래대로라면 나는 오전에 출근을 했다가 오후에는 광저우 에 출장을 가는 일정이었다. 이번 출장길에는 늘 연발 연착하 는 비행기 대신 고속철을 타보겠다고 벼르고 있었던 터다. 세 계적인 기술 수준의 중국 고속철은 중국 내 각 도심을 이어주 는 편리한 교통수단으로 자리매김하고 있다. 우한에서 광저우 까지 고속철로 5시간이면 도착한다고 한다. 나는 출근도 출근 이지만 이미 간다고 보고한 출장은 어떡할 것인지 걱정이 이 만저만이 아니었다.

인터넷으로 뉴스를 체크하고 있던 나는 얼마 지나지 않아 고속철 역사의 1층도 침수되었다는 충격적인 소식을 듣게 되 었다. 당장 항공편을 어떻게든 다시 알아봐야 할 노릇이었다. SNS상에서는 이미 침수된 도로와 거리의 풍경, 물이 넘쳐흐 르는 지하철 역 광경, 사람들이 보트를 타고 도심 속에서 이동 하는 장면, 전기 콘센트에서 물이 새나오는 모습 등 하루종일 물난리 속 우한의 사진이 넘쳐나기 시작했다. "이 출장 정말 무사히 떠날 수 있을까?" 하루 종일 내 머릿속엔 이 물음 뿐이 었다.

이 물음에 대한 답을 결론부터 말하자면 "그렇다."이다. 이 또한 비가 좀 잦아든 늦은 오후 침수되지 않은 구간을 찾아 노련한 운전솜씨로 운전해 준 총영사관 직원의 도움이 아니었더라면 불가능했을 것이다.

폭우가 지나간 자리는 곧 폭염으로 대체되었다. 우한은 중국의 '4대 화로(火爐)'라고 일컬어지며 덥기로도 유명한 도시이다. 낮 온도는 공식적으로 최대 섭씨 39도까지 치솟는데 체감 온도는 섭씨 43~44도 수준이다. 그래도 아무리 날이 덥기로서니 섭씨 40도가 넘었다고 보도되는 일은 없었다. 섭씨 40도가 넘게 되면 국가노동법에 따라 자동 산업생산 중지와 근로자 휴업이 이루어지는데 실제 온도가 40도가 넘더라도 정부는 그렇게 발표하지 않는다며 중국인 친구들은 볼멘소리를 했다.

한국 같으면 얼음을 가득 넣은 아이스커피나 아이스티가 불티나게 팔릴 것 같은 날씨다. 그런데 우한에서는 이 찜통더위 속에서도 얼음 넣은 음료를 제공하는 데에 참 인색하다. 레스토랑에서 아이스티를 주문했다가 뭔가 기대했던 맛과는 차이가 있어 찜찜한 기분이었는데, 알고 보니 아이스티에 레몬은 들어가 있었는데 얼음이 하나도 없는 게 아닌가. 맥주를 주문할 때에도 꼭 '삥더(氷的, 얼음처럼 차가운 것)'를 강조하지 않으면 미지근한 상온 맥주를 마시게 되기 십상이다.

여름이라고 맨발로 다니거나 시원한 음료를 찾으면 현지 미장원의 단골 미용사로부터 "여자는 몸을 항상 따뜻하게 해야 하고 함부로 차가운 음료를 마셔서는 안 된다."며 머리하는 내

내 잔소리를 듣게 된다. 애정이 담긴 말이겠지만 이 사람들의 고집스러움에는 두 손을 들고 만다.

　"맨 살을 노출하면 몸에 습기(濕氣)가 들어간다.", "매운 음식을 먹으면 체내에 열이 올라[上火] 뾰루지가 난다." 등의 말들은 '중의학(中醫學)'에 근거한다. 중국 사람들 사이에서도 사고가 전통적이어서 중의학적 이론을 신봉하는 사람들도 있고, 외국 문물(?)의 영향으로 한국식 빙수와 같이 찬 음식을 즐겨 먹는 사람들도 있다. 한 중국인 친구는 '중의학을 믿느냐 마느냐'와 같은 대화는 최대한 피하는 것이 좋다고 충고했다. 이런 주제를 잘못 꺼냈다가 친구들끼리도 논쟁이 나서 의(義)를 상하기 십상이라나.

　우한에서의 폭염으로 지치기 쉬운 여름날, 한 가지 낙(樂)은 그나마 좀 선선해지는 저녁 무렵에 즐기는 야식이 아닌가 한다. 야식 중에서는 후베이성의 명물 '샤오룽샤(小龍蝦, 민물가재)'를 빼놓을 수 없다. 샤오룽샤는 후베이성에서 양식된 양이 중국 전체의 70%를 차지한다고 하는데, 우한 근방의 첸장(潛江, Qianjiang)이라는 도시는 샤오룽샤를 대량 양식하는 것으로 유명하여 '샤오룽샤의 고향'이라 불린다. 우한에는 여름철 먹자골목 내 여러 샤오룽샤 식당들이 밤늦게까지 붐벼 흡사 불야성을 이룬다. 샤오룽샤를 처음 먹어 보았을 땐 살을 바르는 게 영 귀찮고 크기도 작아 별로 먹을 게 없다는 생각이었는데, 자주 먹다 보니 한국인 입맛에도 잘 맞는 매콤한 양념이 꽤나 중독적이라는 점은 인정할 수밖에 없다.

우한 친구들은 샤오룽샤 가격이 매년 너무 크게 오르고 있다며 우는 소리를 한다. 실제로 샤오룽샤 식당들은 여름 한 철 장사로 1년을 먹고살 정도로 이윤이 높다고 한다. 그럼에도 불구하고 어찌나 인기가 많은지, 유명 샤오룽샤 식당의 경우 예약도 받지 않아 문 앞에서 한 시간 이상 줄을 서서 기다려야 한다.

지역 뉴스에 따르면, 15위안을 받고 샤오룽샤 식당에 대신 줄을 서주는 아르바이트도 생겨났다고 한다. 이 재미난 뉴스를 듣고는 참 중국스러운 발상이라는 생각이 들었다. 돈을 지불하고 서비스를 받으려는 수요가 있는 곳에는 공급이 있기 마련이다. 특히 매우 자본주의적인 오늘날의 중국 사회에서는 더더욱 그렇다.

극과 극인 중국의 체험물가

토요일 오전 11시, 집 근처로 장을 보러 나가는 길은 후덥지 근했다. 중국 창장 이남에 위치한 우한은 우리나라에 비해 위도상으로 남쪽에 위치하여 6월 중순이면 이미 본격적인 여름의 시작이다. 한밤중에는 기온이 벌써 30도에 육박한다. 자다가 더워서 깨서 에어컨을 켜고 다시 잠들기가 일쑤고, 그러다 보니 잠을 제대로 자지 못해 매일 아침마다 영 정신이 몽롱하곤 하다.

내가 우한에서 살고 있는 대로변의 현대식 몰(mall)의 모퉁이를 돌면 좀 낡은 아파트들이 나온다. 건물들 사이의 좁고 바닥이 좀 지저분한 길을 5분 정도 걸어가면 실내에 있는 재래시장에 도착할 수 있다.

나는 이 재래시장을 알기 전에는 주로 백화점 슈퍼마켓이나 까르푸(carrefour)와 같은 대형 슈퍼마켓에서 장을 보곤 했었다. 그러다가 우연히 나보다 먼저 우한에 와 생활하던 동료 영사로부터 각 거주 구역마다 로컬 재래시장이 있다는 얘기를 듣고는 이웃을 수소문했다. 로컬 재래시장은 주택가 내 실내에 위치해 있기 때문에 외국인들의 눈에는 잘 띄지 않는다. 낮에는 주로 사무실에서 시간을 보내고 기껏해야 저녁과 주말에만 집 주변을 탐색할 수 있는 시간이 주어지다 보니 열심히 현지 주변 정보를 찾지 않으면 까막눈처럼 살다 가기 십상이다.

재래시장의 야채와 과일은 백화점 슈퍼마켓보다 가격도 훨씬 싸고 또 신선했다. 주말마다 들러 일주일 치의 야채와 과일을 사오는 것은 곧 나의 소소한 즐거움이 되었다. 양손 가득 장을 보더라도 총 가격이 절대 100위안을 넘는 법이 없다. 한국보다 더운 날씨이다보니 한국에서는 쉽게 보기 힘든 망고나 망고스틴, 리치, 두리안과 같은 열대 과일도 많다. 동료들은 중국에 있을 때 싼 과일을 많이 먹어 두는 게 남는 거라는 말을 참 많이도 했다.

40여평 남짓한 재래시장에는 야채와 과일 외에도 계란, 육류 그리고 수산물 코너도 있다. 특히, 수산물 코너는 시장으로 들어서는 문 양쪽으로 하나씩 있는데, 민물고기 외에도 그물 꿰주리에 개구리들도 한가득 담아 팔고 있다. 중국생활도 이제 몇년 지나다 보니 한국인들이 먹기 힘들어하는 '고수'도 샐러드처럼 즐겨 먹고 있고, 자라나 뱀 고기를 먹어보기도 했다.

그런데도 나는 아직까지 개구리 요리가 좀 부담스럽다. 먹어 본 사람들은 닭고기와 육질이 비슷해 맛있다고도 하는데, 여전히 내겐 개구리를 먹는다는 것은 썩 내키지 않는 일이다. 이 때문에 나는 항상 시장 입구를 들어설 때마다 개구리들과 눈을 맞추지 않기 위해 특별한 주의를 기울이곤 했다. 괜히 잘못했다가는 가게 주인이 산 개구리를 기절시켜 손질하는 모습을 목격하게 될지도 모를 일이기 때문이다.

재래시장에는 여름철을 맞아 새로운 제철 야채들이 여럿 등장했다. 우한이 아열대 기후지역인 데다가 호수가 많은 지역이다 보니 한국에서는 보지 못했던 처음 보는 야채들도 눈에 띈다. 엄청나게 큰 연근도 우한에 와서 처음 보았다. 연근 줄기, 연꽃밥 등도 연(蓮)을 많이 재배하는 이 지역의 여름철 특산품이다. 재수좋은 날이면 더욱 특별하게도 향긋한 재스민을 발견할 수 있었는데, 중국인들은 재스민의 만개(滿開) 하기 전 꽃봉오리를 기름에 계란과 볶아서 먹거나 죽에 넣어 먹곤 한다.

처음 보는 야채들이 신기하기는 하지만 어떻게 해서 먹는 줄을 모르다보니 쉽게 손이 가지는 않았다. 내가 이렇게 말하면, 중국 친구들은 어떤 야채든지 프라이팬에 기름을 두르고 소금, 고추, 마늘, 생강 등을 넣고 볶는 '칭차오(淸炒)' 조리법을 해서 먹으면 맛있다고 한다.

집으로 돌아오는 길목엔 한 여성이 작은 하얀색 부케를 팔고 있었다. 이 부케가 뿜어내는 파워풀한 꽃향기에 놀라 물어

보니 치자꽃이라고 했다. 치자꽃송이 5개를 묶어놓은 작은 부케 한 개의 가격은 1위안이었다.

　부케 하나를 집어들고 향기에 취할 새도 잠시, 이 부케를 1위안에 팔기 위해 한 낮 뙤약볕에 저렇게 서 있어야 하는 여성의 처지가 안타까워지기 시작했다. 하루에 100개를 판다고 해도 100위안 아닌가. 그 여성이 서 있는 곳은 바로 스타벅스(Starbucks) 커피숍 앞이었는데, 스타벅스에서는 아이스라떼 톨(tall) 사이즈 한 잔을 31위안에 판다. 환율을 감안해서 한국보다도 높은 가격인데, 그 가격에도 매 시각 문전성시(門前成市)이다. 나는 "인생은 공평하지 않아, 절대로."를 되뇌며 고개를 저을 뿐이었다.

　사실 우한의 서민 물가는 생활물가가 비싼 세계의 도시 랭킹 상위에 늘 이름을 올리는 상하이, 베이징, 광저우와 같은 중국의 여타 대도시에 비해 상당히 저렴한 편이다. 우한시의 부동산 가격도 최근 2~3년간 폭등하였지만, 그래도 중국 내 성회(省會, 성 정부 소재 도시)치고는 아직 저렴한 편이다. 우한 시내 원룸 아파트 한 달 임대료의 경우에도 2,000~3,000위안 정도로 10년 전 베이징의 임대료 수준이다. 지하철은 기본 구간이 2위안에 지나지 않는다. 버스는 기본요금이 2위안인데, 교통카드를 이용하면 할인을 받아 1.6위안이다. 택시 요금도 기본요금이 11위안이니 상하이나 베이징보다 저렴하다. 택시 요금 면에서만 보면 약 한국의 1/3 수준인 것 같다.

　로컬 맥주도 슈퍼에서 사면 4위안 정도이다. 우한 사람들이 아침으로 가장 즐겨 먹는 깨 장, 참기름, 땅콩소스, 간장을 넣고 버무린 비빔면인 러간멘(熱幹面) 한 그릇은 5위안이다. 생필품도 시장이나 온라인 쇼핑몰을 이용하면 매우 저렴하다. 기본적인 전기세, 물세 등도 한국에 비해 저렴하다. 중국에서 유명한 발마사지 또한 우한의 뒷골목에서는 20위안 또는 30위안짜리도 쉽게 찾아볼 수 있다.

한 동안 내가 주말마다 받던 바이올린 개인 레슨의 경우에는 1시간 기준 150위안이었다. 독일 유학을 한 대학 강사 선생님이 직접 내 집으로 오는 방식이었다. 상하이에서 근무하는 동료는 자녀들의 피아노 개인 레슨의 경우 1시간 최소 250위안을 지불해야 한다던데, 상하이와 우한 간의 적지 않은 물가 차이에 깜짝 놀란다. 오랜만에 만난 베이징에 거주하는 한 지인은 현지에서 퍼스널 트레이닝을 받고 싶어 알아보니 1시간에 최소 600위안을 지불해야 하는 반면, 트레이너의 수준은 한국보다 훨씬 떨어지는 것 같다며 볼멘소리를 했다.

중국 사회에는 잘 알려진 대로 빈부 격차를 반영한 상이한 소비력을 갖춘 소비자 계층이 존재한다. 중국 내 일부 공산품은 여전히 과거 10년 전과 대동소이(大同小異)할 정도로 매우 저렴하나, 베이징, 상하이 등 대도시의 중산층 이상의 소수에 특화된 고급 제품과 서비스의 가격은 체험적으로 1인당 국민소득 3만 달러 시대로 진입한 한국 사회의 물가보다 높은 경우도 많다.

우한에서도 부유층을 타깃으로 하는 것들은 매우 비싸다.

중국에서도 빈부 격차가 심하여 사회문제가 되고 있다.

수입차와 같은 수입품은 관세와 내륙으로까지의 물류비용을 감안해서라도 비싼 편이고, 특히 사치품의 경우에는 사치세가 더해진다. 그럼에도 불구하고 중국의 비싼 아파트 주차장은 마치 '수입차 대리점'을 방불케 할 정도로 비싼 수입차들이 즐비한 형국이다. 피부 미용, 의료 시술, 임플란트, 성형, 레이저 시술 등과 같이 비교적 높은 수준의 기술이 필요한 의료 서비스도 가격이 높다. 최근 중국에서 반영구 미용 시술이 유행인데, 한국의 기술이 앞서 있다고 하여 한국인 의사를 직접 우한에까지 데려와 시술을 하는 곳도 적지 않다. 이러한 경우 가격은 보통 한국에 비해 3~4배 높은 편이다.

미용실 가격도 천차만별이라서 커트의 경우 저렴한 곳은 15위안이나 비싼 곳은 400~500위안 이상을 하기도 한다. 여성들의 파마나 염색 가격은 꽤나 비싼 편이라 차라리 한국에 여행을 가서 머리를 하고 쇼핑을 하고 돌아오는 게 남는 장사라고 하는 중국 여성들도 있다.

한마디로 중국의 물가는 서민들의 기본적인 생활수준은 확실히 보장해 주되, 부유층은 비싼 가격을 지불하고서라도 양질의 한정된 상품과 서비스를 이용하라는 식이다. 이는 중국 사회의 굉장한 장점인 합리성을 엿볼 수 있는 대목이나, 다른 한편 심각한 사회 양극화 현상을 드러낸다.

몇 년 전부터 중국인들 사이에서는 SNS상에서 소수만이 누릴 수 있는 럭셔리한 해외여행이나 명품 소비의 사진을 게시하면서 '드러내놓고 자신의 부를 자랑하는' 모습들이 눈에 띈다. "나는 너와 다르다."라는 자존감의 발현이 개성이나 독창성을 통해서가 아니라, "네가 할 수 없는 소비를 나는 할 수 있다."로 나타난다면 중국 사회가 과도한 물질주의나 배금주의 풍조에 경도되고 있는 것은 아닐지 의문이 들지 않을 수 없게 된다.

우한시의 역사적 배경

우한시(武漢)는 후베이성의 정치·경제·문화·교통 중심지로서 창장(長江)과 그 지류인 한수이(漢水)의 합류점에 입지하여 우창(武昌), 한커우(漢口) 그리고 한양(漢陽)의 3개 지역으로 이루어져 있다. 이 세 지역은 예로부터 우한삼진(武漢三鎭)이라고 하여 중국 중부의 군사교통의 요충지로 널리 알려졌다.

우한시는 춘추전국(春秋戰國)시대의 초(楚)나라, 그리고 삼국(三國)시대의 오(吳)나라의 거점이었다. 초나라 어왕(鄂王·악왕)이 우한에 도읍을 두었고, 삼국시대 손견(孫堅)이 이곳에 성을 구축하면서 크게 발전하였다.

명나라에 이르러 우한은 4대 상업도시 중 하나였고, 5대 통상 항구의 하나로 꼽히기도 하였다. 한커우(漢口)는 1958년 톈진조약으로 개항되어 영국, 프랑스, 독일, 러시아, 일본의 조계지가 연달아 설치되었다.

1911년 10월 10일 우창(武昌)에서 신식훈련을 받은 군인들에 의해 일어난 우창봉기(武昌蜂起)는 수천 년을 이어져오던 중국의 봉건왕조를 무너뜨리고 중화민국을 설립한 신해혁명(辛亥革命)의 시발점이 된 사건이다. 1926년 10월 국민혁명군이 우한을 공략하였고, 그해 12월에 우창, 한커우, 한양을 아울러 우한이라고 부르는 것이 정식으로 결정되었다. 1927년 장제스(蔣介石)에 반대한 중국국민당 좌파의 왕징웨이(汪精衛)가 우한을 수도로 하는 우한국민정부를 세웠다.

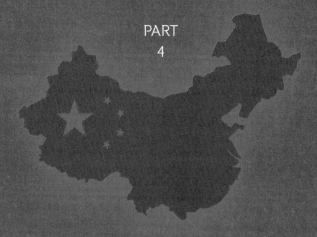

PART
4

한국과 중국의 미래를 보다

한·중·일의 문화 차이

내가 우한에서 새로운 보금자리로 안착한 곳은 싱가포르 자본의 한 서비스 아파트였다. 총영사관에서 거리상 가깝기도 하고 우한에서는 아직 보편적이지 않은 나름 국제적인 수준의 서비스를 제공하고 있는 곳이었다. 이 때문인지 미국 총영사관 영사들이며 홍콩 무역대표부 직원들, 일본 기업 주재원들과 같은 꽤 많은 수의 외국인들이 이웃사촌이다.

우한에 발령나기 전 나는 1년 넘게 일본 나고야에서 거주했던 터라 우한에 도착했을 때는 일본어를 하는 게 아직 익숙했다. 아파트 건물 엘리베이터를 탔다가 우연히 일본인들을 만나기라도 하면 일본어로 간단한 대화를 주고받으며 그렇게 반가울 수가 없었다. 오히려 오랫동안 쓰지 않고 지냈던 중국어를 다시 하려니 생경하기 짝이 없었다.

그러다가 우한에서의 시간이 점점 지날수록 아무래도 일상적으로 더 많이 쓰게 되는 중국어가 다시 편해지기 시작했고, 일본어는 점차 급속도로 잊혀져 갔다. 간단한 일본어 단어를 기억해내는 데에도 점점 더 많은 시간이 걸리자 급기야는 엘리베이터를 탔다가 혹여 아는 일본인이라도 마주칠까봐 긴장하는 처지가 되어 버렸다.

나는 외교부에 들어간 후 3년차에 해외 연수를 나가는 기회를 얻었다. 당시 나는 미국이나 유럽보다 아시아의 이웃 국가들에 관심이 더 많았다. 그래서 연수지를 일본을 선택할 것이냐 아니면 중국을 선택할 것이냐를 놓고 고민을 좀 했었다. 중국과 일본 모두 대학생 시절 짧은 여행과 대학 내의 유학생들과의 몇 번의 접촉이 다였다. 그런데 내 마음속 대략적인 인상은 일본인이 좀 세심한 것 같고 중국인은 좀 대범한 것 같았다. 나는 성격적으로 중국이 더 잘 맞지 않을까 하고 크게 고민하지 않고 중국을 선택했다.

이 선택은 지금 돌이켜보면 내 인생에서 참으로 중요한 선택이었다. 중국에서의 연수는 이후의 나의 외교부 커리어에도 영향을 미쳐 베이징 대사관 근무로 이어졌다. 베이징 근무는 그 이후에 우한 근무로 이어졌다. 결과적으로 나는 예기치 않게 30대의 무려 7년간을 중국에서 보내게 된 것이다. 2000년대 이후 중국의 위상은 비약적으로 높아졌고 중국을 알고 중국어를 하는 것이 소위 '핫(hot)'해지자 많은 사람들이 내게 일본이 아니라 중국을 선택하길 잘했다고 말해주었다. 그래도 '가보지 못한 길'에 대한 동경이랄까, 내 마음 한편에서는 일본에 대한 궁금증이 늘 자리 잡고 있었다.

결혼과 함께 찾아왔던 일본 나고야에서의 1년 반의 생활은 일본을 체험할 수 있는 기회였다. 국가 간의 문화의 차이에 대해 논하게 되면 쉽게 '장님이 코끼리 다리를 만지는 격'과 같은 과도한 일반화의 오류에 빠질 수 있다는 점을 잘 안다. 그러나 일본에서 거주하는 내내 한국인인 내 눈에는 한국이나 중국과는 비교되는 일본만의 방식이 눈에 잘 들어왔다.

우선 일본에 거주하며 가장 자주 들은 말 중 하나는 '남에게 피해를 주면 안 된다'이다. 쓰레기 분리수거를 완벽하게 해서 이웃들에게 폐를 끼쳐서는 안 된다. 차를 주차할 때에는 네모 난 칸 위에 차를 반듯이 세워서 옆 차와의 간격을 고르게 유지해야 한다. 지하철 안에서는 핸드폰 통화가 금지된 것은 물론이고, 특히 노약자석에서는 핸드폰의 전원마저 꺼야 한다. 일본어 어학 학원에서는 수업 중 학생들이 스마트폰 사용하는 것을 금지하는 것은 물론이고, 쉬는 시간에 스마트폰 전원을 충전하기라도 하면 학원의 전기를 함부로 사용해서는 안 된다며 주의를 받게 된다.

일본생활 중에는 뭐가 그렇게 하면 안 되는 게 많은 것인지, "○○해서는 안 된다."고 끊임없이 잔소리를 듣고 있는 기분이었다. 혹여나 외국인으로서 일본 사회에서의 매너에 실례되는 일이라도 했다가 지적당하고 나라 망신이라도 시키는 꼴이 될

까봐 늘 스스로의 행동거지를 돌아보는 것이 습관이 되어 버렸다.

사실 모두가 규칙을 지키고 남을 배려하는 일본의 문화는 장점도 크고 배울 점도 많다. 일본 공중생활에선 서로가 서로를 배려하기 때문에 다른 사람의 행동에 의해 내가 피해 볼 일도 적다.

반대로 한국이나 중국에서는 공공장소의 전기를 사용하는 것이 조금도 이상한 일이 아니고, 전기 콘센트가 설치되지 않은 커피숍을 찾기가 어려울 정도다. 특히나 중국에서는 자원과 물자 사용에 관대하다 못해 이렇게 낭비해도 되는 것인지 때론 의문이 들기도 할 정도이다. 중국에서는 사무실을 두어 시간 비운다고 해도 전기와 에어컨을 끄지 않고 나가버리는 중국인들도 상당수다. 중국에서는 포장 판매나 배달 식품으로 인해 일회용기 사용이 넘쳐나는데, 포장 용기의 소재가 얼마나 튼튼한지 한 번만 쓰고 버리기가 아까운 생각이 들 정도이다. 중국에서 살다보면 이곳은 부족함이 없는 나라라는 느낌이다. 21세기 초 중국인들이야 말로 아마도 세계에서 일인당 물자를 가장 풍부하게 누리는 사람들이지 않을까. 한·중·일 3국 가운데 유사한 품질의 공산품과 서비스를 가장 싼 가격으로 누릴 수 있는 곳 또한 바로 중국이다.

일본인 그리고 중국인 친구들과 어울리는 것은 그 나라의 문화를 체험할 수 있는 기회이다. 일본에서는 아직도 연말에 지인과 친구들에게 일일이 손으로 쓴 전보를 우체국에 가서

부치는 사람들이 많다. 처음엔 이웃사촌, 훗날엔 절친이 된 마키(Maki)상과의 첫 만남 또한 마키상이 우리 옆집으로 이사 왔다면서 과자 선물을 들고 찾아왔을 때였다. 과자 위에는 참 '일본인스럽게도' "잘 부탁합니다♡♡."라고 손수 쓴 예쁜 포스트잇이 붙여져 있었다. 이렇게 예를 갖추어 정성을 표현하는 것이 일본식의 친밀감의 표현이다.

그런데 중국에서는 친구들 간에 '과도하게 예의를 차리지 않는 것'이 친밀감의 표현이며, 너무 예의를 차리면 오히려 거리감을 느끼는 것 같다. 생일 선물이나 결혼식 축의금 명목으로 위챗(WeChat, 微信)을 통해 온라인 머니인 '홍바오(紅包, 돈 봉투)'를 송금해도 전혀 이상할 것이 없다.

"위챗(WeChat) 아이디가 어떻게 되세요?" 일본 재무성 출신의 주우한 일본무역진흥기구(JETRO) 소장과 첫 면담 자리에서 나는 물었다. 앞으로 자주 연락을 주고받기 위해 물은 것이었다.

그런데 소장은 "나는 그런 SNS를 사용하기에는 나이가 많은 편이에요."라고 답하는 것이 아닌가. 그 분의 나이라고 해봤자 나와 그리 차이가 많지도 않은 40대 중반인데 말이다. '위챗을 하지 않으면서 어떻게 중국에서 생활이 가능한 거지?' 나는 속으로 의아해 하지 않을 수 없었다.

물론 나는 일본인들의 SNS에 대한 이러한 반응에 크게 놀라시는 않는다. 일본에서는 인터넷과 스마트폰을 이용한 디지털화가 중국이나 한국과 비교해서 그리 발달해 있지 않다. 내가 나고야에서 생활할 때에도 동네 정보를 얻으려면 인터넷 검색이 아니라 동네 구청에 가서 게시판을 보는 게 가장 효율적이었으니 말이다.

30대 초반 나이의 마키상도 개인 정보가 유출될까봐 SNS에 가입하는 게 싫다면서 나와 일반 문자를 이용하며 연락을 주고받는 것을 고집했다. SNS을 사용하지 않아도 전혀 불편함은 느끼지 않는 것 같았다. 내가 일본을 떠나게 되자 나와 연락할 방법이 달리 없다면서 결국 SNS를 이용하게 되고 말았지만 말이다.

첫 만남 이후 수개월 후 한 회의에서 다시 조우하게 된 일본무역진흥기구(JETRO) 소장에게 요새는 위챗을 사용하고 있냐고 물었다. 위챗을 깔았는데 새 친구 등록은 어떻게 하는지 잘 모르겠다는 답이 돌아왔다. 그래도 그 사이에 현지 비즈니스를 하는데 '위챗 친구를 트는 것'의 필수 불가결함을 더 잘 이해한 듯했다. 내가 새 친구 등록 방법을 알려준 후 우리는 위챗 친구가 되어 종종 이야기를 나누곤 한다.

사실 일본 사람들과 있을 때는 일본식으로 맞추고, 중국 사람들과 있을 때는 중국식으로 맞추게 되는 자신을 발견하곤 한다. 가끔씩 '줏대 없는 게 아닌가'란 생각도 들지만, 유연함 (flexibility)은 외교관으로서도 가장 필요한 자질이자 외교관생활을 하면서 자연스레 터득되는 자질이기도 하다.

한번은 상하이 소재 다국적 기업의 한국인 아시아태평양 본부 CEO와 대화를 하며 큰 영감을 받았다. 다국적 기업에서 한국인으로서 높은 지위까지 올라갈 수 있었던 성공의 비결을 묻는 질문에 무엇보다도 '문화적 감수성'을 꼽았다. 외국에서 수십 년을 생활하였지만 한국에 가게 되면 사람들과 대화하는 중에 일부러 영어를 한마디도 사용하지 않는다고 한다. 중국인 직원들을 대상으로 하는 연수를 할 때에는 일부러 강의 중간에 중국인들이 좋아하는 K-pop을 부르기 위해 바쁜 와중에도 노래 연습을 했다고 한다. 서양과 동양을 옮겨 다니며 여러 다양한 문화권의 사람들과 일하였지만 유연함이 실패한 적은 한 번도 없었다고 한다. 유연함 속에는 상대방에 대한 존중과 배려하는 마음이 내재되어 있는 것이다.

사실 외국생활을 하면 제일 먼저 친해지는 것은 다름 아닌 일본과 중국 친구들이다. 외교관 모임에서도 일본, 중국 외교관들과 제일 쉽게 동질감을 느끼곤 한다. '친구는 선택할 수 있어도 이웃은 선택할 수 없다'는 말이 있다. 한·중·일 3국은 좋건 싫건 간에 이웃나라로서 수천 년간 교류와 접촉을 빈번히 해온 나라들이 아닌가. 어떻게 보면 중국과 일본 사이에서 양국의 문화를 모두 잘 이해하고 쉽게 적응할 수 있는 것은 한국 사람들만의 장점이다. 그런 면에서 한국이 중국과 일본 사이에서 '문화적 가교(架橋)'가 될 수 있는 가능성을 충분히 보게 된다.

중국과 비교해 본 한식의 미래

중국생활의 큰 즐거움 중 하나는 '세계 4대 요리' 중 하나로 꼽히는 중국 요리를 마음껏 먹을 수 있는 점이 아닌가 싶다. 2012~14년간 중국 CCTV는 '혀끝으로 만나는 중국'이라는 제목의 미식(美食) 관련 다큐멘터리를 방영하여 선풍적인 인기를 끈 적이 있다. 나는 처음 중국에 왔을 때 레스토랑에 갔다가 메뉴판이 마치 잡지책처럼 두꺼운 것을 보고 문화적 충격을 받았던 기억이 아직도 생생하다. 한국에서 잘 나가는 식당들은 한두 가지 전문 메뉴에 집중하는 경향이 있다면, 중국의 식당에는 일단 메뉴가 다양해야 한다.

"중국인들은 다리가 달린 것은 책상 빼고 다 먹는다."는 말은 육(陸), 해(海), 공(空)의 각종 식재료를 보면 실감할 수 있다.

게다가 중국인들은 일반적으로 먹는 것에 돈을 아끼지 않는 성향으로 남길 정도로 푸짐하게 여러 가짓수의 요리를 주문하곤 한다.

나는 2016년 10월 후난성(湖南省) 상무청(常務廳)의 초청으로 〈중국 식품요식업 박람회〉에 참석하기 위해 창사시(長沙市)를 방문했다. 후난성은 마오쩌둥, 류사오치, 후야오방, 주룽지 등 기라성과 같은 공산당 지도자들의 탄생지로 중국 내에서 공산당의 성지(聖地)로 추앙받는 지역이다. 후난성 샹탄시(湘潭市) 샤오산(韶山)에 위치한 마오쩌둥의 생가를 비롯한 사회주의 혁명의 명소들이 곳곳에 많이 분포해 있어 이를 둘러보는 이른바 중국의 사회주의 색상을 빛댄 '홍색(紅色) 관광'이 특히 유명하다.

또한 후난성의 성도(省都)인 창사시는 문화와 유흥의 도시이다. 중국 최대 민영방송국인 '후난 위성' TV 채널은 전국적으로 높은 시청률을 구가한다. 지난 2005년에 드라마 〈대장금〉을 수입 방영한 이래 다수의 한국 드라마와 예능 프로그램들을 방영하고 있다. 창사 시민들은 개방적이고 외래문화 수용도가 높다고 알려져 있는데, 중국 내에서도 '잘 놀고 잘 쓰는' 사람들로 평가된다.

후난성 부성장은 〈중국 식품요식업 박람회〉에 참석한 200여 명의 국내외 대표단을 위하여 오랫동안 기억에 남을 환영 만찬을 준비해 주었다. 이른바 '중국의 8대 요리 시식회'였다. 중국 각지에서 모인 고수 주방장들이 자신 있는 중국의 8대 요리를 선보이면 참석자들이 평점을 매기는 식이었다. 나로서는 한 번 앉은 자리에서 중국의 유명 8대 요리를 다 맛보게 되는 실로 엄청난 행운이 아닐 수 없었다.

물론 이러한 시식회 개최의 배경에는 후난성 요리(샹차이, 湘菜)에 대한 자긍심과 이를 참석자들에게 널리 소개하려는 의도가 있었을 것이다. 후난성 요리는 고추의 매운 맛을 기본으로 하는데 실제로 중국 내에서 전국적으로 가장 인기 있는 요리 중 하나이다. 후난 사람들은 매운 걸 잘 먹는 능력에서도 중국 내 1위가 아니라면 서러워한다고 하는데, 매운 음식을 즐겨 먹는 한국인으로서도 후난 요리를 먹다가 눈물이 찔끔 날 만한 것도 허다하다.

역시 고수 요리사들의 솜씨는 달랐다. 여태껏 먹어 봤던 것 중에 가장 환상적으로 바삭한 광동성의 돼지껍질 요리, 신선한 전복이 들어간 푸젠성의 해산물 요리, 저장성의 롱징(龍井) 녹차와 한 입에 넣기에 매우 큰 새우알 버무림, 장쑤성의 '사자머리(獅子頭, 스즈터우)'라는 명칭의 고기 완자, 씹게 되면 입안이 한참 얼얼해지는 '화지아오(花椒)'가 들어간 쓰촨식 닭볶음 요리인 '궁바우지딩(宮保鷄丁)', 후난성의 대표적인 돼지고기와 고추 볶음 요리 등 저녁 식사 내내 나의 눈과 혀는 호사란 호사를 다 누린 듯했다. 산해진미(山海珍味) 사이에서 각 지방 요리 간에 우열을 가린다는 게 참 힘들었음은 물론이다.

다음 날부터는 본격적으로 〈중국 식품요식업 박람회〉가 개최되어 참여한 각국의 기업들은 부스를 설치하고 가져온 물품을 선보이기 시작했다. 중국 내 식품 요식업은 소비 확대와

중국의 다양한 요리들

일자리 창출 면에서 가장 활발하게 국가 경제 발전에 기여하는 분야 중 하나이다. 중국 상부부의 발표에 따르면, 2016년 상반기 중국 내 소비재 판매 총액은 156조 위안으로 전년대비 10.3% 증가한 데 반해, 식품 요식업은 총수입이 16,683억 위안으로 전년대비 11.2% 증가하여 식품 요식업의 소비 촉진에 대한 영향력이 증대하고 있음을 알 수 있다.

또한 중국 음식점협회가 발표한 보고서에 따르면, 최근의 중국 내 요식업은 대중화, 체인화, 개성화로 발전해 나가는 추세라고 한다. 외식 브랜드의 수가 증가하고 다양해지고 있으며 1선(線) 도시를 중심으로 요식업 창업 열기가 높다. 음식점들은 개성화 추세에 대응하고자 특별 서비스를 제공하거나 유기농 음식, 건강식품과 같은 특정 부류를 공략한 메뉴도 선보이고 있다. 18~34세의 연령대의 소비금액이 총 요식업 수입의 85%를 차지한다고 한다.

〈중국 식품요식업 박람회〉에 참여한 중국 음식점협회 회장이 발표한 중국 내 요식업의 문제점은 다음과 같았다. 우선 요식업계의 수익률이 6~8% 수준으로 낮아져 저(低)수익 시대에 들어섰다. 이는 자본금 비율이 과도하게 높기 때문인데, 보편적으로 자본금 중에서 원재료의 비중이 10~15%, 노동력의 비중이 20~25%, 식당 월세의 비중이 10~15%, 전기와 수도의 비중이 6% 수준이라고 한다.

또한, 식당 공급의 포화상태가 가중되고 있어 전국의 주요 도시에는 새로운 식당의 개업 속도가 느려지고 있다. 다음으로는 식당들 간의 경쟁이 과열되어 저가 마케팅 수단을 남발함에 따라 식품의 질이 저하되고 이에 따라 식품 안전 문제가 발생하고 있는 점이다. 음식점협회 회장은 앞으로 식품 안전에 보다 관심을 갖고 상세한 산업기준과 자격인증기준을 마련함으로써 요식 산업 인재를 육성하고 요식 산업 생태계를 발전시켜야 할 것이라고 강조했다.

박람회에서 우한 총영사관은 〈중국 식품요식업 박람회〉에 우리 업체 25개사를 후원하였고, 주제관을 설치하여 한국의 식품과 음료를 선보였다. 중국 중부지역에서 '한류' 붐이 일면서 한국산 김치, 과자, 우유, 음료수, 라면, 주류 등 식품들은 현지인들로부터 큰 인기를 얻고 있다. 우한의 한 주요 수입품 전문 슈퍼 체인에서는 한국 제품이 일본 제품을 제치고 매장 점유율 1위를 차지할 정도였다.

한국 식당의 인기도 마찬가지이다. 우한에서도 새로운 한식당이 줄이어 문을 열고 인기가 너무 많아 현지인들이 1시간씩이나 줄을 길게 서서 대기하여 먹는다는 곳도 생겨났다. 중국의 중부지방의 개방성이 높아짐에 따라 현지인들도 외국 음식에 대해 관심을 보이고 있으며, 그 와중에 '한류'의 인기에 힘입어 한식당에 대한 인기도 높아지고 있는 것이다. 중국 친구들과 만나게 되면 저마다 우한에서 제일 맛있는 한국 식당이 어디냐며 소개시켜 달라고 졸라대는 정도였다.

그런데 인기가 많아 영업이 잘 된다고 하는 한국 식당에 가보면 식당 주인이 중국인인 경우가 많다. 맛도 그리 정통 한국적이라는 느낌이 들지 않는다. 그래도 식당은 문전성시(門前成市)이다.

이에 반해 현지에서 소수의 한국 교민들이 운영하는 한국 식당에 가보면, 한국인의 입맛에는 훨씬 잘 맞는 정통 한식을 맛볼 수 있지만 중국 손님이 생각보다 많지 않은 것을 왕왕 보게 된다. 맛은 좋은데 영업이 잘 되지 않는 우리 식당들을 보면 안타깝기가 그지없다. 그러나 결국 이러한 현상이 주는 교훈은 비교적 명확하다. 중국 중부지역에서는 한국인이 소수이므로 이들을 타깃으로 하여 한식당을 운영하면 안 되고 현지 중국인들을 주 고객으로 하여 이들에게 어필할 수 있는 영업 전략을 세워야 하는 것이다.

메뉴, 인테리어, 마케팅 등 측면에서도 좀 더 현지인들의 수요와 취향을 정확히 이해하고 반영하는 것이 필요한 것이다. 중국인들은 한국인들에 비해 평균 식사 시간이 길다. 한국인들은 식사를 마치자마자 그 다음 커피나 디저트를 먹기 위해 자리를 옮기지만, 중국인들은 한번 앉은 자리에서 2시간이고 3시간이고 수다를 떨면서 디저트까지 먹는다. 또, 중국인들은 넓고 화려한 실내장식을 좋아한다. 손님을 접대했을 때 잘 대접받았다는 평가를 듣는 것을 중시하고 이는 자신들의 체면 '미엔쯔(面子)'에 해당하기 때문이다. 그리고 한국에서 요식업을 할 때에는 요리 가짓수를 늘리지 말고 자신 있는 메뉴 1~2가지에 전문화하라는 조언이 가능할 수 있지만, 중국과 같이 다양한 요리를 양껏 푸짐하게 시켜 먹는 문화에서 메뉴 가짓수가 한정적이라면 참으로 난감한 일이며 '시켜 먹을 게 없다'는 평가를 듣기에 딱 좋다.

무엇보다도 현지인들로부터 풍부한 조언을 받고 열린 마음으로 그들의 의견을 수용하여 영업을 하는데 참고해 나가야 한다. 현지화 된 한식의 맛은 한국인들에게는 다소 아쉬울 수 있으나, 본고장 요리의 맛을 알지 못하는 현지인들에게는 입맛에 더 잘 맞을 수 있다. 중국의 '자장면(炸醬面)'이 한국의 자장면과 다르고, 중국의 '양피(凉皮)'가 한국의 양장피와 다른 것처럼 말이다. 또한, 한국인 사장이라거나 한국인 주방장이라는 등 '한국'을 지나치게 부각시키는 요식업계의 마케팅은 현지에서는 양날의 칼이기도 하다.

'한류' 붐이 불 때는 영업에 굉장한 플러스적이던 요인이 우리나라에 고고도 미사일 방어체계 '사드(THAAD)'를 배치하는 문제로 한중 관계가 악화되었을 때에는 굉장히 불리한 요소로 순식간에 바뀌어 버렸다. 중국인들이 한국 식당을 철저히 외면했으며 이로 인해 적지 않은 한국 식당이 폐업 또는 폐업 위기에 처했다. 한중 관계로 인해 한국에서 중국인이 운영하는 중화요리집이 문을 닫게 되었다고 하면 올해의 코믹한 뉴스로 선정될 테지만 중국에서는 이러한 상황이 엄연한 현실이다. 안타깝기는 하나, 한국과는 다른 중국의 시스템과 정서를 잘 이해하여 이에 맞는 전략을 세워 나가는 것도 중요한 일이다.

중국의 8대 요리

중국은 국토가 아주 넓어 각 지방의 기후, 풍토, 산물 등에 각기 다른 특색이 있다. 그에 따라 경제, 지리, 사회, 문화 등 다양한 요소가 작용하여 8대 요리를 형성하였다.

산둥 요리 (魯菜): 긴 해안가를 따라 해산물 요리가 발달한 신선하고 짭조름한 맛

장쑤 요리 (蘇菜): 부유하고 세련된 강남도시 문화를 반영한 달짝지근한 맛

저장 요리 (浙菜): 신선한 해산물, 민물 생선, 죽순 등을 많이 사용하는 담백한 맛

안후이 요리 (徽菜): 내륙지역의 산나물, 버섯 등 야생 재료를 많이 사용하는 진한 맛

푸젠 요리 (閩菜): 해산물 요리와 탕(湯) 요리가 유명한 다소 달고 신 맛

광둥 요리 (粤菜): 제비집, 뱀, 상어 지느러미 등과 같은 다양한 식재료를 이용하고, 서방의 영향으로 토마토케첩과 같은 소스도 사용하는 다소 달달한 맛

후난 요리 (湘菜): 고추를 많이 사용하여 빨갛고 중국 내에서 가장 맵다고 하는 맛

쓰촨 요리 (川菜): 혀를 얼얼하게 하는 산초 열매와 고추, 마늘, 생강, 땅콩 등을 많이 사용한 강하고 자극적인 맛

공공외교의 최전선 SNS

처음 만난 사람이 "당신은 나의 우상이에요!"라고 외친다면? 살아가면서 쉽게 일어날 것 같지 않은 일이 뜻밖에 내게 벌어졌다. 연말을 맞아 총영사관이 현지의 주요 중국 언론인 관계자들을 초청한 송년 간담회 자리였다. 우리 총영사관은 현지의 유력 언론인과 총영사관의 공식 SNS 계정에 적극적으로 참여하는 '파워 블로거(power blogger)' 등 열댓 명을 초청하였다.

간담회의 시작 시간이 가까워지면서 나는 간담회장 입구에 서서 도착한 언론인들과 인사를 하며 명함을 건네고 있었다. 바로 그때였다. 내 명함을 막 건네받은 한 젊은 여성이 눈을 동그랗게 뜨면서 대뜸 "당신은 나의 우상이에요!"라고 소리 지르는 것이 아닌가. 나는 깜짝 놀라 그 여성의 얼굴을 다시 뜯어보았지만 처음 보는 것이 확실했다. '그런데 어떻게 나를 안다는 거지?' 순간 나는 중국어를 잘못 알아들었나 싶었다.

연유를 알아본즉 이 여성은 '한류'를 좋아하는 중국의 '파워 블로거' 중에 한 명으로서 우리 총영사관의 SNS 계정을 오래 '팔로우(follow)'해 왔다고 한다. 총영사관이 SNS에 한국 관련 홍보물들을 게시하면 이를 자신의 개인 SNS 계정으로 공유하면서 우리의 홍보도 물심양면으로 도와주고 있었다. 지난 2011년에 내가 베이징 대사관에서 근무를 하던 시절, 대사관 공식 SNS 계정을 설립하고 그 관리팀을 이끌었던 사실도 잘 알고 있었다. 그때부터 이미 대사관 SNS 계정에 관심을 갖고 나의 존재를 파악하고 있었다고 한다. 대단한 '한류' 마니아였던 것이다.

나의 궁금증이 해소되는 순간이었다. 그런데 나를 '우상'이라고 칭하는 사람과 같은 테이블에 앉아 식사를 하려니 말투와 자세에 엄청 신경이 쓰였다. 허리도 절로 꼿꼿이 펴고 앉고 작은 손동작 하나하나도 조심스러웠다. 갑자기 생긴 팬(fan)의 '우상'에 대한 환상을 지켜주고 싶은 마음이었다.

중국에서는 페이스북(facebook), 인스타그램(instragram), 트위터(twitter) 등과 같은 세계적인 SNS 매체들로의 접속이 막혀 있다. 구글(google), 왓츠앱(whatsapp), 카카오톡(kakao talk) 등도 접속이 잘 되지 않는다. 중국 정부가 방화벽을 설치하여 이러한 인터넷 사이트와 스마트폰 어플에 접속하는 것을 차단하고 있기 때문이다. 따라서 이와 같은 중국 정부의 금지 리스트에 포함된 사이트와 SNS를 사용하기 위해서는 방화벽 시스템을 우회하는 가상사설망(VPN)을 개별적으로 다운로드 받아야 한다.

중국 내의 이러한 제한적 인터넷 환경은 나와 같은 외국인들 사이에서는 엄청난 비판의 대상이다. 중국 정부의 이러한 조치가 중국 내 언론의 자유를 억압하고 있다는 논의는 차치하고서라도 이러한 사이트들과 SNS를 사용하지 못하게 되니 중국생활 자체가 불편하기 때문이다. 그런데 이러한 현실은 반대로 중국 정부가 쉽게 컨트롤 할 수 있는 중국 자체 SNS 매체들이 발전할 수 있는 토양을 형성하고 있다.

내가 베이징 대사관에서 전통외교와 달리 상대국의 민간을 대상으로 전개하는 공공외교(公共外交, Public Diplomacy) 업무를 담당하던 2011경에는 중국 내 시나닷컴(新浪, sina.com) '웨이보(weibo)'가 엄청난 인기를 구가했다. 2010년대 초반은 중국 내 스마트폰 보급률이 급격히 높아지면서 스마트폰 어플리케이션을 통한 SNS의 이용률 또한 폭발적으로 증가하는 상황이었다. 웨이보는 당시 중국 내에서 접속이 차단되어 있는 '트위터(twitter)'를 본 따 만든 '중국판 트위터'라고 할 수 있다. 중국의 소수 유명 '파워 블로거'들은 웨이보 상에서 수천만 명 이상의 팬들을 보유하면서 이들이 올리는 '트윗'은 바로 엄청난 사회적 영향력을 미쳤다.

웨이보의 중국 사회에서의 파급력과 영향력이 높아지자 베이징의 미국, 일본, 프랑스 등 국가들은 대사관의 공식 계정을 개설하기 시작했다. 웨이보라는 플랫폼을 자국 홍보에 사용하기 위함이었다.

당시 나는 이러한 흐름에 우리 대사관도 재빨리 편승해야겠다는 생각이 들었다. '다른 나라들이 앞서서 재빨리 시작하고 있는데 우리나라도 떨어질 수는 없다.'는 생각이었다. 나는 우리 대사관의 웨이보 공식 계정을 개설하는 것을 건의했고 대사관 내 SNS 관리팀도 설치하게 되었다. 우리 SNS 관리팀은 주중 대사관 웨이보 계정에 한국 관련 콘텐츠와 한중 관계와 관련된 주요 소식 등을 소개하며 중국 네티즌과의 스킨십을 늘려 나갔다. 이로 인해 우리 대사관의 웨이보 팔로워 수 또한 급격하게 증가해 나갔다.

대사관 공식 SNS 계정을 운영하는 일이 항상 수월했던 것은 아니다. 양 국민의 감정을 상하게 하는 한중 간에 좋지 않은 사안이 발생하게 되면 우리 대사관의 SNS 계정은 온갖 중국 네티즌들의 악플을 견뎌내야 했다. 중국과의 외교 업무를 하면서 항상 한중 관계가 좋기를 바라지만 그렇지 않은 시기도 견뎌내야 하는 것이 외교관으로서의 숙명이기도 하다.

미국, 프랑스, 독일 등 서방 선진국들은 2차 세계대전 이후부터 '공공외교'에 상당한 공을 들여 온 전통을 가지고 있다. 공공외교의 수단은 다양하다. 외국 언론인들을 대상으로 하는 브리핑, 자국에 대한 국제여론 모니터링, 학술 문화 교류 등이 있다. 잘 알려져 있는 프랑스의 '알리앙스 프랑세즈(Alliance Francaise)'와 독일의 '괴테 인스티튜트(Goethe Institut)' 등은 자국의 언어와 문화를 결합하여 외국에 홍보하는 기관들로써 넓은 의미에서 공공외교를 수행하고 있다고 볼 수 있겠다.

중국 또한 2010년대 초반부터 외교부 내 공공외교를 전담하는 조직을 설립하여 공공외교를 크게 강화하고 있다. 해외에 설립되는 '공자학원(孔子學院)'의 수도 크게 늘렸다. 중국의 공공외교는 해외 여론을 대상으로 중국에 대한 오해를 불식시키고 긍정적인 이미지를 널리 알리는 것을 목표로 하고 있다. 평소에 좋은 자국 이미지와 우호적인 국제 여론을 구축해 놓으면, 구체적인 외교 문제가 발생하여 다른 나라와 국제여론전을 펼치게 되는 경우에 도움이 될 것은 당연하다.

공공외교의 수단은 일반인들의 관심사와 사회상의 변화에 맞추어 진화해야 한다. 중국 내 SNS 환경의 발달에 따라 이를 이용한 우리나라의 대(對)중국 공공외교 실시의 중요성 또한 과소평가할 수 없겠다.

최근 중국에서 어떤 SNS가 가장 인기있는가를 살펴보면 위챗(Wechat, 微信)이 명실상부한 대세 SNS이다. 2016년 말 기준으로 약 9억 명의 중국인이 이용하고 있다. 이에 따라 위챗 플랫폼을 활용한 마케팅도 인기를 모으고 있는데, 기업과 기관들이 이용하는 '위챗 공중하오(公衆號)'라 불리는 홍보전용 계정이 바로 그것이다. 텐센트社에 계정 개설 신청서를 제출한 후 재가를 받으면 기업과 기관의 홍보물을 게시할 수 있다. 중국 내 주요 상품 브랜드, 음식점, 상점, 언론사 등이 모두 '위챗 공중하오(公衆號)'를 개설하고 운영하고 있다고 보면 된다. '위챗 공중하오' 계정의 수는 2016년 총 1천 8백만여 개에서 2017년 총 2천 1백만여 개로 꾸준한 증가 추세에 있다. 나는 우한에 근무를 시작한 이래 2016년 6월부터 총영사관의 위챗 공중하오를 설립하고 운영해 왔다. 공중하오는 자발적으로 팔로우를 하여 그 기업이나 기관이 발행하는 정보를 받아 보는 형태이므로 팔로워들을 대상으로 한 맞춤형 마케팅을 할 수 있다는 장점이 있다.

세계적인 SNS 매체들도 부침이 있고 각 시기마다 새로운 기능을 탑재한 SNS들이 개발되어 당시의 트렌드를 주도하며 인기를 끌어 오고 있다. 중국의 이용률 1위 SNS 매체도 10년 전 웨이보에서 현재의 위챗으로 변했는데, 몇 년 후에는 또 어떠한 새로운 SNS 매체가 부상하게 될까.

SNS의 핵심 기능은 소통과 교류이다. SNS를 활용한 공공외교 또한 현지인들과의 소통과 교류를 핵심으로 삼아야 할 것이다.

총영사관의 국경일 행사

날씨가 제법 선선해져 지난했던 여름이 드디어 끝나는 건가 싶다. 중국에서는 여름철에 아무리 더웠더라도 10월 1일부터 일주일간의 국경절 연휴가 끝날 무렵이면 갑자기 기온이 뚝 떨어져 가을 옷을 꺼내 입게 된다. 여름철에는 한밤중에도 섭씨 30도를 웃돌며 마치 한증막에서 지내는 느낌이던 것이 10월 초가 되자 점점 일교차가 벌어지고, 10월 2째주부터는 비가 며칠 오더니만 낮 기온이 20도 부근으로 뚝 떨어지고 말았다.

가을 날씨 아래서 밤 산책이 더 할만해졌다. 우한 시내를 정처 없이 걷다보니 불어오는 바람결을 따라 달콤한 냄새가 문득 코끝으로 확 밀려왔다. 아카시아 꽃과 흡사한 강한 향이면서도 더욱 달콤한 향이 났다. 알고 보니 바로 계수나무 꽃[桂花]

향기였다. "푸른 하늘 은하수 / 하얀 쪽배에 / 계수나무 한 나무 / 토끼 한 마리"라는 동요만 알았지, 계수나무를 처음 본 것도, 그 샛노란 꽃의 향기를 맡은 것도 우한에서가 처음이었다. '계화나무'의 정체를 모를 때는 이게 어디서 나는 향기인지 참 신기하기만 했었다. 가을에 피는 꽃이라니 꽤나 낭만적이지 않은가. 꽃 향이 듬뿍 담긴 계화꽃으로 빚은 술을 한 잔 하고 있자면 우한에서의 가을도 꽤나 서정적인 느낌이다.

10월은 총영사관이 각종 행사 개최로 인해 일 년 중 가장 바쁜 때이다. 일련의 행사 중에서도 가장 중요하다고 볼 수 있는 행사는 단연코 우리나라의 국경일 행사이다. 국경일 행사는 10월 3일 개천절을 전후해서 개최되는데, 중국 또한 10월 1일이 건국을 기념하는 국경절(國慶節)로써 일주일 정도 연휴로 쉬다 보니 중국의 우리 대사관과 총영사관들에서는 보통 9월에서 11월 사이에 적절한 날짜를 선택하여 행사를 개최하곤 한다.

아마도 파티를 다니며 외국인들과 어울려서 칵테일이나 마시는 전형적인 외교관의 이미지를 만들어낸 주범이 바로 국경일 행사가 아닐까 싶다. 외교관의 삶이 그렇게 멋지고 여유 있기만 하다면 얼마나 좋겠냐만은. 실제로도 다른 나라들의 국경일 행사, 그리고 외교관들이 초대하는 만찬 행사라든지 스탠딩 칵테일파티에 이따금 초대받아 가게 되는 일이 생기기는 한다. 그러나 업무 시간 중에는 사무실 책상에 앉아 문서를 읽거나 행정적인 문서 작성을 하며 보내는 부분이 훨씬 많다. 그리고 초대 받아 행사에 참석하더라도 업무의 연장선상으로 업무 얘기를 하는 경우가 많고 노는 것과는 거리가 멀다.

외국에서 한 나라를 대표하는 대사관이나 총영사관에서는 매년 자국의 국경일을 기념하는 행사를 개최하여 당지 정부 고위인사들과 주요 인사들, 업무상의 카운터파트 그리고 외교단들을 초대하는 것이 외교적 관례와 같이 되어 있다. 보통 장소는 대사 또는 총영사의 거주지인 관저나 호텔 룸을 빌려서 개최한다.

최근 각국이 개최하는 국경일 행사에 초대되어 가보면, 단순히 손님들을 많이 초대해서 그 나라의 음식을 대접하는 식에 그치지 않는다. 자국에서 개최되는 중요한 외교행사를 홍보한다든지, 자국 기업들의 상품에 대한 마케팅을 펼친다든지, 관광 유치행사를 겸한다든지 하여 적극적으로 복합적인 세일즈 외교를 펼치는 장(場)으로 활용하고 있다.

또한 문화를 통한 각국의 이미지를 선전하고 홍보할 수 있는 기회이기도 하다. 프랑스 총영사관은 국경일 행사를 개최하면서 자국민들을 많이 초대하여 공식행사가 종료된 9시부터는 자유로운 댄스파티를 가졌다. 늦게까지 춤을 추며 즐거운 시간을 보내는 프랑스인들을 보며 참 자유분방한 프랑스식의 국경일 행사라는 생각을 했다.

우리 총영사관 또한 매년 국경일 행사를 어떠한 콘셉트로 개최할 것인지에 대해 많은 고심을 하였다. 우선 우한지역의 많지 않은 한식당들이 합심해서 김치, 떡볶이, 김밥, 잡채와 같은 한국 음식을 준비했다. 술을 선택할 때도 일부러 한국의 술을 소개하고자 막걸리를 공수해 왔다. K-pop과 같은 한류 콘텐츠를 소개하는 것은 물론 한국 관광에 대한 홍보도 빠질 수 없었다.

2017년 국경일 행사에서는 더욱 특별하게 2018년 2월에 개최될 평창 동계 올림픽과 패럴림픽에 대한 대대적인 활동을 벌였다. 우리가 정성스럽게 마련한 행사에 현지 중국인들과 다른 나라의 외교관들이 참석하여 우리나라의 문화를 즐기고 국경일을 함께 축하하는 것은 참으로 뜻 깊은 일이다. 최근에는 '한류'가 세계적으로 인기가 있다 보니 중국인들이나 외국인들이나 우리가 준비한 한식과 K-pop 등의 한류 콘텐츠에 큰 관심을 보였다.

2016년 상반기 중국 내에서 한류 붐이 거셌다. 드라마 〈태양의 후예〉가 중국에서 가히 '폭발적'이란 수사어가 어울릴 만한 인기를 끈 것이다. 이에 따라 배우 송중기 씨는 '중국 여성들의 공식 남편'이라고 불리며 엄청난 인기를 구사했다.

우한에서도 송중기 씨의 팬 미팅이 개최되었는데, 티켓 가격이 비싸기도 했지만 어찌나 재빨리 동이 났는지 구하는 것 자체가 '하늘의 별 따기'였다고 한다. 어쩌다가 현지 정부의 고위 인사들과 식사하는 자리에 참석하게 되면 어김없이 본인의 와이프가 얼마나 〈태양의 후예〉 드라마의 팬인지, 딸아이가 어떻게 송중기 팬 미팅의 티켓을 구했는지에 대해 한참 이야기를 나누게 된다. 주우한 영국 총영사는 왜 영국 드라마에는 한국 드라마에서처럼 잘생긴 배우와 멋진 집이 나오지 않는 것이냐며 중국인들 사이에서의 한국 드라마 붐을 매우 부러워 하였다.

중국의 젊은층은 아이치이(愛奇藝), 유쿠(Youku), 텐센트 (tencent) 등의 인터넷과 모바일 사이트를 통해서 한국에서 드라마 한 회분 방송이 끝나자마자 1~2시간 후 같은 내용을 시청할 수 있다. 드라마 외에도 예능 프로그램, 영화 등 한국에서 방영되는 인기 있는 프로그램은 거의 다 중국에서도 거의 실시간으로 볼 수 있다.

하루는 커피전문점에서 주문을 하려고 줄을 서 있는데, 앞에 있던 한 젊은 여성이 잘못해서 자신의 스마트폰이 바닥에 떨어지자 갑자기 "씨×"이라며 한국어 욕을 하는 게 아닌가. 나중에 중국인들에게 물어보니 한국 영화나 예능 프로그램에서 한국어 욕이 종종 소개되어 나오다 보니 중국인들 사이에서 이를 따라하는 것조차 유행이 되었다고 하는 것이었다.

총영사관의 중국 직원들만 해도 나보다도 더 K-pop을 즐겨 듣고, 아이돌 그룹 멤버 이름과 연예인 이름들을 척척 기억해 낸다. 우한에서 K-pop 댄스를 가르치는 교습실도 큰 인기이다. K-pop에 맞추어 가수의 안무를 그대로 흉내 내어 따라 추는 것을 배울 수 있다. 나는 아이돌 연습생을 키우는 한국의 엔터테인먼트사와 유사한 회사를 우한에서 차리겠다며 찾아와 자문을 요청하는 중국인 기업인과도 미팅을 하기도 했다.

한국의 의료, 패션, 화장품 등과 함께 K-pop, 드라마, 영화 등의 문화 콘텐츠는 중국에서 한국의 수준이 높다고 인정받는 분야이다. 중국에서 오래 근무한 지인은 문화 콘텐츠 발전의 핵심은 창조성이며, 창조성의 핵심은 '사고와 표현의 자유'라고 강조한다. 따라서 앞으로 수년간은 한국의 문화 콘텐츠가 계속 크게 발전해 나갈 것이며, 중국의 콘텐츠와 비교해서도 우위를 유지해 나갈 것이라는 낙관적인 평가를 내린다.

그러나 중국의 방송사들도 한국의 문화 콘텐츠를 구매하여 방영하는 것 외에 엄청난 자본력을 바탕으로 한국의 문화 콘텐츠를 본 딴 중국의 문화 콘텐츠를 만들어내고 있는 상황이다. 2017년 중국 내에서 크게 히트한 중국판 '람보 영화'인 〈특수부대 전랑(戰狼, Wolf Warrior) 2〉는 1억 6,000만 명의 관람객 수를 기록하며 전 세계 흥행 영화순위 5위와 아시아 영화 흥행 역대 1위를 거머쥐었다.

중국의 국가신문출판광전총국의 발표에 따르면, 2017년 중국 내 영화 흥행수입은 총 5,591억 위안으로 그 중 중국 영화의 흥행수입이 3,010억 위안으로 약 53%를 차지한다. 중국 영화의 해외 흥행수입과 판매수익은 435억 위안으로 2016년도에 비해 11% 증가하였다. 중국의 문화 콘텐츠 산업은 중국의 '소프트 파워' 증진 정책과 맞물려 중국 정부의 정책적 뒷받침 하에 빠르게 성장하고 있다. 최근 물량 공세식의 쏟아지고 있는 다양한 중국산 영화들을 보면, 중국이 이미 여러 산업 분야에서 빠르게 실력을 성장시켰듯이 문화 콘텐츠 분야에서도 세계를 리드하는 때가 생각보다 일찍 올 수도 있겠다는 생각이 든다.

중국의 미스터리한 이웃 북한

중국에서 택시를 타게 되면 가끔씩 한국인이냐고 물어오는 기사분들을 만난다. 중국에서 몇 년을 살았어도 현지인이라 오해받지 않는 것을 보면 내 중국어 발음은 여전히 좀 어눌한 모양이다. 나는 보통 "광둥 사람이다.", "싱가포르 사람이다." 라는 식으로 둘러대서 답하곤 한다. 한국인이라고 했다가 괜스레 여정 내내 '최근 한중 관계에서 한국이 무엇을 잘못 하고 있는지', '북한과의 통일 문제는 어떻게 해결해야 하는지', '한 미 관계는 한중 관계와 어떻게 충돌되는지' 등에 대해 중국인 운전기사와 한참 설전을 치르는 피곤함을 피하고 싶은 심리가 반영된 것 같다.

중국인들 사이에서도 한때 SNS상에서 "최근 국내정치 정보를 청취하기 위해 전문가를 만날 예정이다. 나는 베이징에서 택시를 탄다."고 하는 우스갯소리가 돌아다니기도 했다. 중국의 국내 정치 동향은 워낙에 비밀에 부쳐져 외부인으로서는 잘 알기 어렵고 온갖 풍문이 난무하는 수준인데, 중국의 정치 중심 수도 베이징의 택시기사들이야 말로 정치에 대해 이러쿵저러쿵 평가할 수 있는 사람들이라는 소리이다. 택시기사들이 운전하면서 시사 라디오를 많이 듣게 되어 상식이 풍부해져서 그런 것인지, 손님들의 이야기를 귓등으로 많이 들어서 그런 것인지, 정치사회 이슈에 대한 코멘트와 관심이 많은 점은 중국이나 한국이 참 비슷한 것 같다.

2016년 11월 중국의 인터넷상에서는 그 해 가장 코믹한 뉴스가 발표되었다고 난리였다. 바로 북한 정부가 중국 정부에게 김정은을 뜻하는 '진산팡(金三胖)'이라는 단어를 사용하지 말 것을 요청했다는 뉴스였다. '진산팡(金三胖)'은 직역을 하면 '김 가(家)네의 세 번째 뚱뚱보' 정도 될 것 같은데, 중국 네티즌들이 인터넷상에서 김정은을 칭하는 조소어린 단어이다.

김정은이 '김일성~김정일~김정은'으로 이어지는 김(金)씨 정권의 세 번째 후계자이자, 대대로 몸집이 비교적 비대하기 때문이다. 중국의 많은 네티즌들은 이러한 북한의 후계구도를 봉건적인 것으로 보며 '김씨 왕조(金氏王朝)'라며 비판하곤 한다.

북한측의 이러한 요구에 따른 것인지 중국 최대 검색 사이트인 '바이두(百度, baidu)'를 비롯하여 '소고우(搜狗, sougou)', '치후(奇虎, Qihoo) 360' 등 중국의 주요 검색 사이트들에서는 더 이상

'진산팡(金三胖)'으로는 어떠한 검색 결과가 나오지 않는다. 네티즌들은 더 이상 검색되지 않는 '진산팡(金三胖)'이라는 단어를 대체하기 위해 '金3胖', '金三月半', '金叁胖', 'Gold three fat' 이라는 김정은을 일컫는 다양한 신조어를 만들어내기도 했다.

중국 네티즌들은 김정은에게 '진산팡'이라면서 조소를 던지지만 다른 한편으로는 어린 나이에 지도자가 되어 수년간 북한을 안정적으로 통치하고 있는 점에 대해 대단하다고 평가하는 듯하다. 김정은 체제 초기에 북한의 불안정을 우려했던 중국인들도 비록 북한이 국제적으로 유엔 제재를 받는 어려움에 처해 있기는 하나, 국내적으로 안정적으로 통치해 오고 있는 점에 대해서는 그의 정치적 수완을 어느 정도 인정하는 반응이다. 특히 미국, 중국 등 대국(大國)들과 상대해서도 기죽지 않고 외교 교섭을 하고 있다는 차원에서 김정은이 세상에서 제일 성공한 '빠링허우'(1980년대 출생자)라는 농담도 한다.

일반적으로 중국인들의 북한에 대한 이미지는 '신비하고 비밀스러운 나라'이다. 이는 북한으로의 단체관광 상품의 홍보 마케팅 문구를 봐서도 알 수 있다. 2017년 북한이 연이은 핵실험과 미사일 발사를 감행하여 동북아 정세를 불안하게 만들고 이에 따라 국제사회의 유엔 안전보장이사회에서의 대북 제재가 실시되자 중국에서도 북한 단체관광은 거의 찾아보기 어렵다. 그런데 그 전에만 해도 중국인들의 북한 단체관광은 꾸준히 이뤄지곤 했다. 물론 북한은 중국인들에게 주요 관광 목적지라거나, 북한 관광 상품이 중국 내에서 인기가 많다거나 한 것은 아니다. 수억의 중국인들 중에는 다양한 사람들이 있게 되다 보니 소수의 북한에 관심이 있는 학자들이나 퇴역 군인 가족 등을 위주로 관광상품이 운영되어 온 것이다.

국제적으로 주목을 받고 있는 이웃 국가인데다 신비하고 비밀스러운 이미지를 간직하고 있기에 호기심에 한 번 정도 북한을 관광하는 수준인 것 같다. 일부 퇴역 군인들이나 과거의 중국의 사회주의체제를 그리워하는 사람들의 경우에는 현재의 북한의 모습을 보면서 과거 1970~80년대의 중국의 모습을 보는 듯한 향수를 느끼는 식이다.

북한 관광 코스는 크게 중국의 단둥(丹東) 또는 훈춘(琿春)에서 시작이 되는데, 훈춘을 통해 들어가면 나선과 청진 쪽으로 내려가기가 좋고 동해 바다와 비파섬에서의 일출과 물개떼를 관람할 수 있다. 단둥을 통해 입국하게 되면 북한의 정치경제 문화의 중심지인 평양 그리고 개성, 북측 판문점, 묘향산 등을 둘러보는 코스를 돌 수 있다.

평양에서는 김일성 광장, 만수대대(萬壽臺大)기념비, 주체사상탑, 중조우의탑(中朝友誼塔) 등을 주로 방문하는데, 중조우의탑은 6.25 전쟁시 희생된 중국 인민지원군들을 기린 탑으로써 중국과 북한간의 우의를 상징하는 의의를 갖는다. 탑의 건축 지점과 조형은 1958년 저우언라이(周恩來) 총리가 북한을 방문하여 김일성 주석과 함께 직접 고르고 심사했다고 알려져 있다. 중국 정부 대표단이 북한을 방문하게 되면 으레 방문하여

중국 단둥에서 바라본 북한

헌화를 하는 곳으로 알려져 있다.

북한에 입국할 때에는 여권에는 아무런 흔적을 남기지 않는다고 하는데, 혹여나 북한 비자가 찍힌 여권을 소지하였다가 한국이나 미국 등 국가의 비자를 신청할 때 불리하게 작용할 것을 우려하는 중국인들이 많기 때문인 것 같다. 물론 북한과의 사업기회라든지 투자기회를 모색하는 중국인 사업가들의 북한 방문이라든지 중국측 학자, 기자들의 북한 방문도 꾸준히 있어 왔다.

몇 년 전에 북한을 여행한 적이 있다고 하는 중국인 친구가 알려준 북한 관광시 주의해야 할 사항은 참 많다. 스마트폰과 같은 휴대품은 국경 세관에 보관해야 하며 관광 종료 후에야 돌려받는다. 북한 관광 기간 중 일체의 선교활동은 해서는 안

되며 종교와 관련한 어떠한 책자나 자료를 반입해서는 안 된다. 만일 규정을 위반하여 문제가 생길 경우에는 본인이 전적인 책임을 진다. 김일성 동상이 있는 곳에서는 정숙을 유지해야 하고 동상의 자세를 따라 한다거나 하는 유머러스한 행동으로 사진을 찍어서도 안 된다. 북한 주민들의 오해를 살 수 있으므로 창문으로 어떠한 기념품이나 식품을 던져주어서는 안 되고 함부로 사진을 찍어서는 안 된다. 특히 북측 판문점을 견학하는 경우에는 한국측 군인들을 향해 인사를 하는 행위가 금지된다.

또한 중국과 북한은 동일한 사회주의 국가이기는 하지만 정치 상황이 다르기 때문에 북한의 정치와 경제의 상황에 대해서 평가하거나 폄훼해서는 안 된다고 주의를 받으며, 특히 북한 지도자들의 이름을 언급하며 평가한다든지 하는 것을 엄숙하게 경고 받는다고 한다.

그 친구에 따르면 평양 시내의 분위기는 1990년대 베이징의 모습을 연상시켰다고 한다. 짧은 2일간의 관광이었지만 북한의 실태를 보니 너무 숨이 막히고 경제적으로도 어려워 보여 자신은 '맞아 죽는 한이 있어도' 북한에서는 못 살겠다고 엄살이다.

북한이 핵실험을 하면 중북 접경지역인 지린성(吉林省), 랴오닝성(遼寧省), 헤이룽장성(黑龍江省)을 칭하는 동북(東北) 3성(省) 지역에서는 그 여진을 느낀다고 할 정도로 중국은 북한 핵실험에 의한 직접적인 영향을 받고 있다. 핵실험 지역 인근의 지질 재해, 대기나 지하수의 방사능 오염 등 부정적 영향이 있을 테니 북한 핵실험에 대한 우려나 반감 등이 클 법하다. 그런데 오히려 북한과 인접해 있다보니 심정적으로 북한에 대해 온정적인 사람들도 많다고 한다. 북한과 지리적으로 가깝고 왕래가 많다보니 북한의 사정을 이해하고 연민을 느끼게 되는 것 같다.

중국에서 처음 생활하게 되었을 때엔 한국의 정치체제와는 상이한 중국의 정치체제 그리고 사회주의체제에 대해 잘 이해하는 데 다소의 시간과 어려움을 겪었다. 중국이 자본주의를 받아들여 이제는 세계 그 어느 나라보다 자본주의적 가치관이 팽배한 나라가 되었다지만 현대 중국의 정신적 뿌리가 되는 좌파적 공산주의 역사와 철학 그리고 이에 바탕을 둔 엘리트주의 집단지도체제와 같은 정치 시스템은 한국인으로서는 생소하기 짝이 없다.

중국에서 어느 정도 시간을 보낸 후에야 중국을 우리의 입장이나 기준을 적용하지 않고 객관적으로 바라보는 것이 가능해졌다. 개인적인 가치판단은 열외로 하더라도, 우리와 다른 중국인들의 사고방식이나 정치경제 시스템을 객관적으로 보고 인정하는 것이 가능해진 것이다.

내가 2010년에 졸업한 상하이 소재 중국유럽국제비즈니스스쿨(CEIBS) MBA의 한국인 동문들 중에서는 수년째 중국에 남아 비즈니스를 하고 있는 사람들이 꽤 있다. 중국에서 공부하고 일하면서 중국 전문가로서 성장하고 있으며 중국 시스템을 잘 이해하는 사람들이다. 이들 중 일부는 앞으로 남북 관계가 개선되고 북한이 대외개방의 길로 나아갈 경우에 같은 사회주의 국가인 중국의 자본주의 모델을 벤치마킹하지 않겠냐면서 그 과정에서 역할과 기여를 해나가는 것을 모색하고 있기도 하다. 그리고 북한이 개방되면 중국은 우리 못지않게 북한에서의 비즈니스를 선점하려 할 것이고 한국 사람들도 중국 파트너들과 협력하여 북한 관련 사업을 할 기회가 더 많아질 것인데, 이 과정에서 중국을 잘 아는 사람들에 대한 수요가 많아지지 않겠냐는 것이다.

중국을 아는 민간인들이 북한의 대외개방 가능성을 염두에 두고 준비해 나가고 있다는 점은 공무원인 내게도 매우 신선한 자극이 되었다. 이러한 가능성은 2018년 9월 남북정상회담 개최 등을 통해 더욱 가시화되고 있다. 북한이 향후 대외개방 노선으로 나아가게 된다면 중국이 걸었던 개혁개방과 유사한 방향으로 경제를 발전해 나갈 가능성이 높을 것이다. 이 과정에서 정치인, 공무원들과 같은 정부의 역할이 있겠지만 중국의 사회주의를 이해하고 중국 경험이 있는 한국 민간인들의 역량 또한 매우 중요해질 것이다. 이들이 새로운 기회를 잡아나가는 데 매우 유리한 고지를 점하고 있음은 틀림없다는 생각이다.

중국 북한의 관계

1950년대 중국과 소련이 협력하던 시기에는 오로지 사회주의 국가 건설이라는 공동 목표 달성을 위해 정치, 안보, 경제 등 모든 측면에서 북한과 중국은 긴밀한 협력관계를 유지하였다. 1949년 10월에 북한과 중국은 수교를 하였고, 1950년에는 한국 전쟁이 발발하자 중국은 인민의용군을 북한에 파병하였으며, 1953년에는 김일성이 중국을 방문하여 경제·문화협조 및 지원협정을 체결하였다.

중국은 북한의 최대 교역·외자 유치 대상국이며, 북한의 대중 무역의존도는 2005년 52.6%로 절반을 초과한 이후 지속 상승하여 2014년 이후에는 줄곧 90%를 상회하고 있다. 북한의 대(對)중 수출품은 광물, 철강, 어류, 방직원료 등이다. 그리고 북한은 원자재 중심의 수입 구조를 보이는 가운데 최근 소비재 수입이 상대적으로 증가하고 있다. 북한의 주요 수입품은 식용육류, 곡물류, 전기기기, 플라스틱 제품, 생필품, 연료 등이다. 한편 북한과 중국간 무역은 지리적 인접성 및 중국 변경무역의 관세혜택 등으로 인해 동북3성에 편중되어 있는 특징이 있다.

외교관으로
산다는 것은

갓난 딸아이와의 작별

딸아이의 돌잔치를 한 달이나 앞당겨 치렀다. 그리고 다음 날 아침 나는 홀로 우한으로 향하는 비행기를 타고 있었다. 중국을 떠난 지 정확히 2년 만에 또다시 중국행이었다.

"세상에나, 난 참 가정과 양립하기 힘든 직업을 가졌군!", "엄마 없이도 잘 적응해서 지내려나?" 생각이 꼬리에 꼬리를 물었다. 무엇보다도 엄마와 갑자기 생이별하게 된 아이에게 미안했다.

나름 이러지도 저러지도 못하여 선택한 고육지책(苦肉之策)이었다. 외교부에서 주우한 총영사관으로 발령은 났고 우한은 한 번 가본 적도 없는 생소한 곳인데다 아이는 어렸다. 아는 사람이 한 명도 없는 곳에서 일을 하며 혼자 아이를 돌본다는 것은 초보맘인 내게 너무나 큰 모험이었다. 아이를 돌봐줄 신뢰할만한 현지 보모를 빠르게 구한다는 보장도 없었다. 손에서 일을 놓고 휴직한 지도 꽤 되어 업무에 복귀한 후에 바로 잘 적응할 지도 솔직히 자신이 별로 없었다.

우리 가족의 결론은 명료했다. 일단 나 혼자 우한에 가서 일하고 적응할 것, 아이는 아빠가 시부모님의 도움으로 일본에서 돌볼 것, 이상이었다.

"사실 이 모든 상황에 대한 책임이 있다면 20대에 이 직업을 택한 나 자신이지 않은가." 비행기 안에서 내 처지를 곱씹어 보자니 갑자기 우울함이 밀려오기 시작했다. 대학 시절 주변 친구들이 일찌감치 "얘, 외교관 직업을 가지면, 여자는 결혼하기 힘들대. 안정적인 가정생활을 영위하는 것은 더더욱 힘들대."라고 따끔히 충고했었다. 주변 친구들의 염려에 나는 "그래? 상관없어. 난 별로 결혼 생각 같은 거 없거든." 하고 당당히 말했었다.

그때는 시간이 10여 년 지난 후에는 자신이 원하는 게 바뀔 수 있다는 가능성에 대해서는 조금도 고려하지 않았던 철없던 시절이었다. 세상사를 나보다 빨리 터득한 명석한 과 동기는 재빨리 외무고시에 대한 꿈을 접고 사법고시로 전환을 했다.

예나 지금이나 나는 무언가에 한 번 꽂히면 대단히 파고드는 성격인 것 같다. 고등학교 시절 외교관이라는 직업명을 처음 듣게 된 순간 장래 희망 직업은 바로 외교관이 되었다. 대학에 입학하자마자 서점에 가서 《외무고시 공부 준비 가이드》책도 샀다. 본격적으로 외무고시 공부를 시작한 이래 내 꿈은 오로지 '고시 합격' 네 자였다. 대학 졸업 후에도 고시에 붙지 못하자 아예 짐을 싸서 신림동 고시촌의 독서실로 들어갔다.

어렵사리 고시 1차를 붙고 나서도 2차 시험에서 두 번이나 미끄러졌다. 당시 나이는 이미 스무 살 중후반이었으니 적지도 않았다. 다시 제로베이스에서 1차 시험부터 다시 치를 것인지 아니면 아예 다른 진로를 알아볼 것인지를 심각하게 고민해야 했다. 실제로 몇 군데 외국기업 공채에 응시해 보기도 했으며, 미국 로스쿨에 진학하겠다며 반 년 이상 입학시험(LSAT)을 준비하기도 했다.

다행인지 불행인지. 당시 LSAT 성적이 입학지원하기에 시원치 않아 속는 셈 치고 딱 한 번만 더 보자고 한 외무고시에서 그 해 1, 2, 3차를 동시에 합격했다. 만일 그때 일반 사기업에 취직했더라면 어땠을까? 아예 미국에 유학 갔더라면 지금의 삶보다 만족했을까?

선택하지 않은 길에 대한 답은 알 수 없다. 그래도 한 가지 확실한 점은 안다. 적어도 11개월 된 딸과 떨어져 혼자 외국으로 일하러 가는 일은 일어나지 않았을 것이다.

외교관으로 살면서 때로는 사람들로부터 멋있는 직업이라는 찬사를 듣기도 하지만, 대표적인 겉보기에만 화려한 직업 중 하나가 아닌가 싶다. 일본에 살던 남편과 내가 중국에서 만나 결혼하고 아이를 낳자 "국제적인 가족"이라느니, "아이가 태어나자마자 비행기 탈 일도 참 많아 좋겠다."느니 같은 말을 참 많이 들었다. 그런데 실제의 나는 수년간 외국을 떠돌아다니다보니 마치 부평초와 같이 떠도는 느낌에 다소 심신이 지쳐 있었다.

분명 나는 해외생활을 무척 즐기고 나름 잘 맞는 편이라 생각한다. 소위 '역마살' 체질이 맞는 것 같다. 그러나 장기간의 해외생활은 이런 나에게도 참 쉽지 않은 일이었다. 특히 가족이 떨어져 생활하는 경우 큰 심리적 고통이 수반되기도 한다. 외교부 직원이라면 소수의 내근직이 아닌 이상 기본적으로 총 공무원생활 기간의 반절 이상은 해외의 대사관이나 총영사관에 파견되어 근무할 가능성이 높다. 꽤나 단단한 각오가 필요한 일이 아닐 수 없다.

요새는 여러 공기업이나 사기업에서 파견된 주재원들도 외교관과 마찬가지로 여러 차례 해외 근무를 한다. 외국에서의 생활 측면에서 본다면 여러 모로 유사한 점이 많다.

나는 상황을 최대한 긍정적으로 보자며 스스로를 달랬다. 전업으로 육아를 하는 동안 직장으로 복귀할 날을 나름 기대하고 있지 않았던가. 육아는 정말 만만치 않은 노동이라는 점을 휴직 중에 깨달았다. 실제로 우리 가족들은 내가 근 1년 만에 육아에서 완전히 해방되었으니 비행기를 타고는 "아싸!" 하고 쾌재를 부르는 것 아니냐며 농담을 했다.

결혼하기 전에는 직장을 다니며 돈을 벌고 야근하고 조직문화에 적응하는 것이 세상에서 제일 힘든 일인 것 같았다. 눈치를 볼 필요도 없고 시간적으로도 자유로워 보이는 '전업주부'들이 어찌나 부러웠던지. 그런데 막상 전업주부생활을 몇 달 해보니 이 또한 얼마나 쉽지 않은지를 철저히 깨닫게 되었다. 특히 아이 출산 직후엔 제대로 잠을 잘 수 없는 고통이 얼마나 큰 것인지 제대로 한 번 맛보았으며, 휴직 기간이 길어질수록 마음 한편엔 경제적으로 좀 더 풍요롭고 정신적으로 자아실현의 성취감을 맛보던 직장생활에 대한 그리움이 싹텄다.

과거 친척들이나 지인들로부터 장래 희망이 외교관인 그들의 자녀를 만나서 짧게나마 조언을 해줄 수 있겠느냐는 부탁을 받은 적이 있다. 그러고 보면 외교관이란 직업은 나의 십대 시절에 내가 그랬듯이 여전히 청소년들에게 매력적인 직업으로 비치고 있는 것 같다. 나는 장래에 외교관이 되겠다는 청소년들을 만나서는 "왜 이 직업에 관심이 있나요?"라고 묻곤 했다. 물론 답은 각양각색이다. 내가 궁금했던 점은 그들이 이 직업의 장단점을 잘 파악하고 있는지, 이 직업을 선택할 경우 겪게 될 어려움에 대해서도 잘 알고 있는지, 즉, 이 직업에 대해 '환상'을 갖고 있는지 여부였다.

나는 솔직히 외교관이 장래 희망이라는 중고등 학생들을 만나면 그 꿈을 뜯어말리고 싶은 심정일 때도 많다는 점을 고백한다. 그래서 나는 한 번도 적극적으로 "이 직업은 최고에요!"라든가 "이 직업을 추천해 드려요. 이 직업을 갖도록 꼭 열심히 노력하세요!"라는 말은 할 수 없었다. 특히 여학생들에게는 "이 직업은 가정과 양립하기에는 참 쉽지 않은 직업이에요! 잘 생각해 보고 결정하세요!"라는 말이 목구멍까지 차오른 적이 한두 번이 아니었다.

다소간의 존경이 서린 눈빛으로 나를 쳐다보는 초롱초롱한 눈망울들에게 그렇게 모질게 적나라한 말을 차마 할 수는 없었다. 자칫 나의 서투른 조언이 그들의 원대한 꿈이라도 꺾게 돼 버린다면 어쩐담. 과거의 나 또한 다른 사람들의 조언이 귀에 잘 들어오지 않았으니 말이다.

외무고시를 준비하던 시절 이미 시험에 합격하여 외교부에서 근무하는 선배들과의 만남의 자리에 참석한 적이 있었다. 당시 선배들은 외교관에 대한 '환상'을 가지면 안 된다고 꽤나 강조를 했다. 당시의 나는 환상을 갖고 있지 않았노라 생각했지만 실제로는 꽤나 큰 환상을 갖고 있었던 것 같다. 하지만 우리가 잘 알지 못하고 직접 경험해보지 않은 일에 대해서 어떻게 1%도 환상을 품지 않을 수 있을까. 우리의 삶에서 일어나는 많은 일들, 해외생활, 결혼, 출산 등등. 이 환상을 품지 않았더라면 과연 일어나기라도 했을까.

모든 직업에는 외부인에게 잘 알려져 있지 않은 '끼리끼리 아는' 어려움이 다 있을 것이다. 게다가 십여 년 전 외무고시 합격은 내 인생을 통틀어 가장 뜻 깊고 기뻤던 일이기도 하다. 어쨌든 최근까지도 한국에서 직업 공무원에 대한 인기와 경쟁률은 매우 높다. 또 같은 공무원이라 하더라도 여타 부처 공무원들은 자녀에게 해외 교육 기회를 줄 수 있는 외교부 공무원을 부러워하고 있지 않은가. 여타 부처에서 대사관이나 총영사관으로 파견 나오는 주재관(駐在官, Attaché)'이 되기 위해서는 엄청난 경쟁률을 뚫고 선발된다고 한다.

또한 지금은 과거와 달리 외교부 신입 외교관 중 여성 비율이 과반수 이상으로 증가하였다. 이에 따라 해외 근무와 결혼이나 육아라는 개인사(個人事)를 양립하는 문제에 있어 과거에 비하면 많은 배려를 받기도 한다. 가능하다면 좀 더 많은 고려와 편의가 제공될 수 있는 방향으로 내부 시스템도 꾸준히 개선되고 있는 점이 긍정적이다. 또한 여성 외교관의 배우자가 해외로 함께 이동하여 자녀 양육을 전담하는 케이스도 드물지 않게 찾아볼 수 있다.

베이징 대사관 파견 근무를 마치고 떠날 때에는 이렇게 빨리 다시 중국에 돌아와서 근무를 하게 될 줄은 미처 몰랐다. 다음번 근무지 신청서를 제출할 때 나는 아이를 데리고 나가기에 좀 더 수월할 것으로 생각되는 동남아 국가를 염두에 두고 있었다. 따라서 중국에 다시 근무하러 온 것은 내 의지가 반영된 인사(人事) 결과는 아니었다.

나는 좀 더 상황을 긍정적으로 보자며 스스로를 달랬다. 앞으로 몇 개월간은 딸아이와 떨어져 지내는 것에 적응하기 쉽지 않을 것이다. 그러나 다시 외교관의 삶으로 돌아간다고 생각하니 기분이 사뭇 들뜨고 의욕이 충만하지 않은가! 새로운 곳에서의 삶은 또 어떻게 펼쳐질지 무척 기대되고 말이다. 많은 추억과 향수가 어린 중국으로 다시 오게 된 점도 내심 반가운 일이었다. 우한을 비롯한 중부지역은 중국을 많이 돌아다

넀다고 자부하는 나로서도 가보지 못한 곳으로 새로운 도전의 가치도 충분했다.

우한에 도착하는 첫 날, 한편에는 가족과의 이별에 대한 슬픔과 아쉬움 그리고 또 다른 한편에는 새로운 출발에 대한 기대와 의욕으로 내 마음은 복잡하게 양분되어 있었다.

외교관은 '헤드헌터'

우한에 도착하자마자 삶은 삭막하고 황량했다. 총영사관 동료들이 따뜻하게 맞아주긴 하였지만 친구와 인맥이 없는 새로운 곳에 오게 되었으니 한마디로 '맨 땅에 헤딩'하는 기분이 들었다. 일단 저녁을 함께 먹을 사람도 수다를 떨 사람도 없다 보니, 업무적으로나 개인적으로나 아는 사람들을 만드는 것이 급선무였다.

외교관은 일명 '사람 장사' 하는 직업이라고들 한다. 현지 정부 공무원들, 주요 대학 교수들, 싱크탱크(think tank) 학자들, 기업가들, 언론인들……. 다양한 분야의 사람들과 미리미리 사귀고 알아두어야 현지 사정을 파악하는 데도 도움이 되고, 무슨 사건이 벌어졌을 때 바로 연락을 취해 도움을 받을 수 있다. 나아가 서로의 의사만 잘 통한다면 좋은 아이템을 함께 발굴하여 교류 협력 사업을 같이 도모할 여지도 많다.

이왕 인맥을 만드는 수고를 들인다면 새로운 곳에 도착하자마자 하는 것이 가장 효율적이지 않겠는가. 외교관의 임기(任期)는 보통 2~3년으로 정해져 있다. 임기가 거의 끝나갈 무렵에는 새로운 사람들을 만나려는 수고를 쉽게 하지 않는 것이 인지상정(人之常情)이다. 또한 인간 관계에도 '관성의 법칙'이 작용하여 시간이 갈수록 기존에 편하게 알고 지내는 사람들과 더 많은 시간을 보내려 한다는 점을 나는 경험상 알고 있었다. 그래서 나는 어느 부임지에 발령을 받던지 가능한 초기에 지인(知人)의 외연을 확장하려는 편이다. 현지의 많은 정보를 쉽게 귀동냥 할 수 있고 이를 통해 직접적인 시행착오(試行錯誤)를 최대한 줄일 수 있기 때문이다.

우한에 도착하여 사무실에 출근하니 전임자인 외교부 선배는 다른 해외 공관으로 발령이 나서 한창 이사 준비 중이었다. 선배는 우한시가 소재한 후베이성(湖北省) 외사교무판공실(外事僑務辦公室)과 우한시 외사교무판공실의 아시아 과(科) 담당자들과 인사하는 자리를 마련해 주었다. 나는 중국 사람들과 만나는 자리는 익숙한 편이었지만 지방 사람들이라 그런지 더욱 순박하고 친절하다는 인상을 받았다.

'외사교무판공실'은 성(省)·시(市) 지방 정부에서 수도 베이징의 외교부에 상응하는 대외교류 업무를 담당하는 부처의 명칭이다. 긴 명칭을 줄여 짧게 주로 '외판(外辦)'이라 부른다. 이 부

주 우한 대한민국 총영사관 홈페이지

처는 지방에서의 국제행사 개최와 외국 대표단 초청 업무, 외국 지방 정부와의 교류협력 업무 등을 수행한다. '외판'이 수행하는 대외교류 업무에는 '일국양제(一國兩制, One Country Two System)'에 따라 홍콩과 마카오 업무도 포함된다. 일국양제란 영국으로부터 1997년, 1999년에 반환된 홍콩과 마카오를 통치하는 중국의 원칙, 이에 따라 홍콩과 마카오는 독자적인 행정·입법·사법권을 보유함을 말한다. 그리고 대만(Taiwan) 업무와 해외 중국교포 업무도 포함된다. 또한 해당 지역에 외국의 총영사관이 위치해 있다면 이들과의 교류 관리 업무도 빼놓을 수 없다.

우한에는 우리나라 외에도 미국, 프랑스, 영국의 총영사관이 각각 설립되어 있다. 대사관(大使館, Embassy)이 외교 관계를 수립한 나라 사이에 각국 수도에 설립된다면, 총영사관(總領事館, Consulate General)은 교민 보호와 지방 교류 업무를 주로 하며 우리 교민이나 비즈니스 관계가 많은 경우 설립된다. 후베이성(湖北)과 우한시는 여러 국가들의 총영사관을 유치하고 있는 점에 대해 매우 자부심을 느끼는 듯했다.

우리 총영사관은 중국 중부지역의 후베이(湖北), 후난(湖南), 허난(河南), 장시(江西)를 관할하지만 우한시에 위치해 있다 보니 물리적으로 후베이성 외판 그리고 우한시 외판과 아무래도 가장 많은 교류를 하게 된다. 후베이성과 우한시 외판의 부주임(副主任, Vice Director General)과 처장(處長, Director)들은 나의 가장 직접적인 업무 카운터파트(counterpart)로서 빈번하게 연락하며 많은 일을 함께하는 관계인 것이다. 이들은 나의 부임을 매우 반갑게 환영해 주었고 생활면에서도 도움이 필요한 일이 있으면 자주 연락하라고 얘기해 주었다.

나는 전임자로부터 주요 연락처들을 받고 우선순위에 따라 연락을 취해 미팅 약속을 잡아나갔다. 여러 사람들을 만나서 얘기하다 보니 앞으로의 나의 업무 방향성에 대한 감도 잡아나갈 수 있었다. 우한에 대한 평가나 새로운 환경에 정착하는 데 도움이 될 만한 유용한 정보도 많이 얻었다.

오랜 외국생활을 거치면서 그래도 나는 운이 좋은 편이었다고 생각한다. 어느 도시를 가나 그곳에서 마음 맞는 친구들 최소 몇 명과는 추억에 남을 만한 우정을 쌓을 수 있었기 때문이다. 많은 것이 생소한 타지에서 이방인으로서의 어려움을 겪을 때마다 현지 친구들은 물적으로나 심적으로 큰 의지처가 되곤 했다.

중국인들과의 사교에서 가장 흥미진진한 점은 한 친구를 통해 다른 친구들을 소개받는 게 아닌가 싶다. 베이징에서 일할 때에도 많은 좋은 인연들을 소개를 통해 알게 되었다. 새로이 알게 된 사람이 우리 대사관이 새롭게 개척하려던 업무와 관계가 있어 사업파트너가 되고 함께 성공적으로 협력 사업을 진행한 경우도 있었다. 실로 중국식 '꽌시(關係)'가 주는 혜택이 아닌가 싶다.

중국에서는 알려진 대로 "'꽌시'로는 안 되는 일도 없고, '꽌시'가 없이는 되는 일도 없다". 중국인 개개인들에게 '꽌시'는 사회생활에 있어 크나큰 자산인 셈이다. 그러므로 중국에서 업무를 하기 위해서는 무엇보다도 많은 사람들을 만나서 '꽌시'를 쌓아나가는 것이 중요하다. 내 개인적인 경험으로는 중국 친구들은 일반적으로 자신들의 '꽌시'를 공유하는 것을 아까워하지 않았다. 오히려 나를 자신들의 친구 모임에 데려가 준다든지, 필요로 하는 분야의 인맥들을 소개시켜 준다든지 하면서 늘 큰 도움을 주곤 했다.

외국 외교관들은 나와 '동종 업계'에 있는 사람들이다 보니 중국생활 중에서도 쉽게 친해지고 교류도 많이 하는 사람들이다. 같은 외교관으로서 해외에서 이 나라 저 나라를 떠돌아다니는 라이프 패턴과 이로 인한 고충이 유사하다 보니 말도 잘 통한다. 더욱이 우리에게는 많은 생각과 감정을 교류할 수 있는 '중국'이라는 공통 화젯거리가 있지 않은가. 외교관 친구들을 사귄 후에는 만나서 식사나 커피를 하면서 서로 궁금한 소식을 물어볼 것이다. 떠돌아다니는 가십거리를 확인한다든지 업무 관련 필요한 정보를 공유한다든지 하게 될 것이다. 생활 정보도 교환하게 될 것이며 그 중에서는 '현지 맛집 정보'도 빼놓을 수 없을 것이다.

우한에 온 이래 현지의 미국, 영국, 프랑스 총영사관의 외교관들을 일부러 찾아가서 만난 적도 있지만, 그렇지 않고서라도 지방 정부 차원의 행사마다 '외교단(外交團, diplomatic corps)'이라는 그룹으로 묶여 함께 초대되다 보면 자연스럽게 어울릴 수 있는 기회도 많다.

여러 번 도시를 바꿔가며 외국생활을 하다 보니 인간 관계에서 다소간의 매너리즘에 빠지는 위험성이 도사리기도 한다. 긴 외국생활 동안 자의반 타의반으로 혼자서도 잘 지내는 방법을 터득한 후에는 굳이 새로운 사람들과 적극적으로 교류하는 '감정적 수고'를 피하려는 경향도 생겨난다. 사람들과의 관계라는 것은 시간과 정성을 들여 만들어 놓은 것인데 직업의 특성상 어렵사리 좀 친해진 사람들과 2~3년을 주기로 계속 이별하는 것은 참 쉽지 않은 일이기 때문이다. 요새는 SNS도 발달되어 있고 화상채팅도 가능하니 같은 곳에 있다는 사실이 우정의 필요조건도 충분조건도 아니게 되었지만, 여전히 안정적인 인간 관계를 유지해 나갈 수 있다는 보장은 친밀감 유지에 있어 중요한 요소이지 않은가.

물론 외교관으로서 현지 인맥을 쌓는 문제는 업무의 중요한 일부분이니 개인적인 선택은 아니다. 그러나 한 단계 더 나아가 현지 사람들과 마음을 연 인간 대 인간으로서 깊이 있는 교류를 하는 여부는 개인별로 큰 차이가 존재하는 영역이다.

외교부 근무를 갓 시작한 시절에는 옆 과 동료가 외국에 발령난다는 소식을 듣고 그렇게 서운할 수가 없었는데, 이제는 지인들의 인사이동 소식을 '오늘의 날씨'를 묻는 수준으로 덤덤하게 받아들일 뿐이다. 사람들과 사귀고 헤어지는 경험을 반복하며 감정적인 절단에 대해 다소 무뎌져 가는 나 자신을 보면, 이것도 일종의 '직업병'이라는 아쉬움이 들곤 한다.

외교관과 외국어

많은 사람들이 외교관이 되려면 뛰어난 외국어 실력을 보유해야 할 것이라는 생각을 할지 모르겠다. 실제로 외교부에 들어오기 위한 시험 과목에는 영어뿐 아니라 제2외국어도 포함된다. 또한 외교부 직원들은 외교부에 몸담고 있는 내내 주기적으로 영어와 제2외국어 실력을 테스트 받고 관련 성적을 인사과에 제출하게끔 되어 있어 스트레스를 받기도 한다. 끊임없이 외국어 공부를 독려받고 외국에서 근무할 기회가 주어지다 보니 여러 개의 제2외국어를 구사하는 재능 있는 동료들도 많다.

나는 대학 시절 전공이던 불어의 영향으로 20대 초반 외국어를 배우는 데 많은 시간과 노력을 들인 경험이 있다. 외국어 공부와 관련하여 내가 터득한 지론 중 하나는 한 외국어 능력을 일정 수준 이상으로 높이기 위해서는 절대적인 시간과 정력을 단기간 밀도 있게 쏟아 부어야 한다는 것이다. 단어를 외우고 까먹고 또 외우고……. 마치 '밑 깨진 독에 물을 채우는 식' 같기도 하다. 흠뻑 그 언어에 빠져들어서 꿈속에서조차 그 언어를 말하게 된다면 일단 반은 성공이다.

외국어 실력은 늘 '계단식'으로 향상되는 것 같다. 처음엔 실력이 느는 것 같이 느껴지다가도 또 한동안은 제자리를 맴도는 듯한 슬럼프를 겪는다. 이 시간을 인내로 버텨내면서 노력을 계속한다면 머지않아 '한 계단을 오른 듯' 실력이 훌쩍 성장해 있음을 보게 될 것이다.

그렇지 않고 외국어 실력이 일정 수준에 도달하기 전에 노력을 멈추어 버린다면, 그 언어 능력은 '쌓다 만 모래성'과 같이 쉽게 부서져 내릴 것이다. 시간이 지나서 다시 그 언어를 공부하려 할 때엔 제로베이스에서 다시 시작하는 수고를 들여야 할 것이다.

확실히 한 가지 외국어를 마스터하고 나면 다른 외국어를 공부하는 게 더욱 쉬워진다. 자신만의 노하우가 생기기 때문이다. 그런데 관건은 여러 외국어를 까먹지 않고 동시에 모두 잘 유지시키는 것이다. 개인적으로는 여러 외국어를 동시에 쓸 수 있는 기회에 스스로를 자꾸 노출시키는 것밖에 달리 방도가 없다는 생각이다.

예를 들어 내가 처음에 불어를 마스터하게 되자 한국어 불어를 왔다 갔다 하며 말하는 것은 가능해졌지만 또 한국어 불어 영어를 동시에 하려니 무척 헷갈렸다. 그런데 불어를 사용하는 외국인과 그렇지 않은 외국인이 같이 있는 상황에 자주 노출되게 되면, 어쩔 수 없이 3가지 언어를 번갈아 가며 사용하게끔 된다. 이는 언어 변환 훈련에 큰 도움이 되었다.

한국에도 다양한 외국인들이 함께 모이는 언어 교환 (language exchange) 모임이 많다고 하는데, 이러한 자리를 통해서 언어 변환 훈련을 할 수 있다. 여러 외국어를 까먹지 않고 동시에 잘하는 데에는 부단한 노력이 필요한 것 같다.

중국어는 내가 배운 여러 외국어 중에서 가장 큰 절망감을 맛보게 해 준 언어이다. 러시아어나 아랍어도 배우기가 참 어렵다고 하는데, 30살이 다 되어 처음 배우기 시작한 중국어 또한 투자한 시간과 노력 대비 실력이 잘 늘지 않는 쉽지 않은 언어였다.

중국에서 외교관생활을 하면 중국어를 굉장히 잘할 것 같지만 꼭 그렇지도 않다. 근무시간의 대부분은 중국어가 아닌 한국어로 대화하고 문서를 작성하기 때문이다. 우리 총영사관에서 근무하고 있는 중국인 행정 직원들은 보통 한국어 실력이 출중하기 때문에 이들과의 커뮤니케이션도 모두 한국어로 이루어지곤 한다.

업무상으로 중국어를 사용하게 되는 경우는 현지 중국 사람들과 면담할 때가 전부다. 면담이 매일 있는 것도 아니다보니, 중국어 수준을 향상시키려면 업무 시간 외에도 시간이 날 때마다 중국인들과 많이 어울리는 추가적인 노력이 필요하다.

한국 출장 계기에 함께 베이징 대사관에서 근무한 적이 있는 외교부 선배를 만났다. 중국에 오기 전에는 중국어를 잘하지 못했지만 베이징 대사관 생활 내내 매일 중국어 개인 교습을 받아 가며 중국어 실력 향상에 매진했던 분이다. 오랜만에 만난 그 선배는 물론 중국생활이 편하려면 중국어 기초 정도는 마스터해야겠지만, 그 수준 이상으로 해보려고 시간을 들인 게 아깝다는 넋두리를 하였다. 어설픈 수준까지 어학 공부를 하느니 차라리 그 시간에 중국의 문화나 역사 공부를 했었더라면 외교를 하는데도 더 도움이 되지 않았겠냐는 얘기였다.

언어를 공부하는 것과 그 외의 전문분야를 깊게 하는 것 사이에는 분명히 트레이드오프(trade-off) 관계가 있다. 중국 관련 업무를 계속 하거나 중국 전문가가 되려는 경우라면 당연히 현지에서 활용할 수 있는 자원을 최대한 활용하여 중국어에 매진하는 것이 좋은 선택이다. 그러나 단발성으로 중국에 근무하게 되는 경우라면, 제한된 시간에 보다 능률적인 성과를 올리기 위해서 중국어에 올인(all-in)할 것인지 아니면 전문 분야를 키울 것인지를 잘 선택해서 결정하는 것도 필요하다.

중국어를 마스터하는데 있어 가장 커다란 난관은 단연코 정확한 '성조(聲調)'를 구사하는 것이다. 중국어에는 1성, 2성, 3성, 4성의 4가지 성조가 있다. 성조를 잘 구사하며 마치 '노래를 부르듯' 말하는 것이 중국어의 포인트라 할 수 있다. 같은 발음이라 하더라도 성조가 다르면 다른 뜻이 되어 버리기 때문이다. 한국어는 영어와 같이 인토네이션은 있지만 성조는 없는 언어이다 보니 한국 사람으로서 성조에 적응하는 것 자체가 쉽지 않은 일이다. 내 발음이 올라가는 '2성'인지, 내려오는 '4성'인지 스스로 알아채는 것도 쉽지 않다. 중국어 초보 시절 나 스스로는 '2성'으로 발음한다고 했는데, 중국인 선생님은 내가 '4성' 발음을 했다며 옥신각신하는 건 예사였다.

성조가 흡사 노래하는 것과 같이 리듬과 높낮이가 있다는 점을 깨우친 것은 중국 생활 1년 후였다. 중국어에는 동사나 형용사가 두 단어로 조합된 것이 많은데, 성조면에서 보게 되면 1성+1성, 1성+2성, 1성+3성, 1성+4성, 2성+1성, 2성+2성……. 4성+4성의 총 16가지의 경우의 수가 나오게 된다. 이 16가지 조합의 리듬과 높낮이가 다르다는 점을 인식하고 이를 완벽히 익힌 후에는 성조에 대해 감을 확실히 잡아나갈 수 있었다.

성조의 장벽을 넘어서면 이제는 '사자성어(四子成語)', '속담', '숙어(熟語)', '당시(唐詩)', '신조어' 등 새로운 난관에 직면하니 중국어 마스터는 갈 길이 참 멀다. 평소 대화에서도 '사자성어'와 '숙어'를 빈번하게 섞어가며 말하는 중국인들과 대화를 하려면 적어도 내가 먼저 사용하지는 못할지라도 알아들을 만한 수준이 필요하다.

우한의 지인(知人)들과 '사자성어' 실력을 늘려보자며 위챗(WeChat, 微信) 그룹 채팅방을 이용하여 중국 학생들처럼 '사자성어 끝말잇기' 놀이를 한동안 하기도 했다. 외국인으로서 이

백(李白)의 시구라도 한 구절 외어두고 읊는다면, 중국인들로부터 '중국통(中國通)'이라는 칭송을 받으며 그들과의 마음의 거리가 순식간에 확 좁혀지는 멋진 경험을 하게 될 수 있을 것이다.

요새는 스마트폰 상에서 중국어를 공부할 수 있는 참 좋은 어플들이 많다. 중국 내 '모바일 라디오' '오디오북'들과 같은 듣는 콘텐츠들이 폭발적으로 성장하고 있기 때문이다. 기존의 라디오가 청취자 입장에서 콘텐츠를 수동적으로 받아들이는 식이었다면, 이제는 '모바일 라디오'나 '오디오북'을 통해서 희망하는 콘텐츠만을 선택하는 능동적인 청취가 가능하다. 이러한 콘텐츠들은 외국인들에게는 중국어를 공부하는 데 탁월한 재료감이다.

그 중 몇 가지 유용한 어플들을 소개하면 다음과 같다. '시말라야(喜馬拉雅)'는 소설, 동화, 역사 강의 등의 다양한 내용을 들을 수 있다. '팅슈바오(聽書寶)'는 소설, 희곡, 역사 등을 낭독해 준다. 달팽이 껍질이라는 뜻의 '워니우커(蝸牛殼)'는 아동을 타깃으로 한 어플로써 동화, 당시(唐詩) 3백수, 사자성어 고사(成語 古事) 등을 느린 속도로 깨끗한 발음으로 읽어준다. '더다오(得到)'는 사회학, 문화, 심리학, 비즈니스, 역사, 관리학 등의 다양한 분야의 책을 30분 정도의 시간에 내용을 요약해서 전달해 준다.

수년 전 재미동포와 결혼해 미국에 거주하는 언니로부터 조카를 중국 유치원에 보낸다는 얘기를 듣고는 놀란 적이 있다.

중국인들이 비교적 많이 사는 지역이라는 이유도 있었겠지만, 미국 중산층에서 자녀들의 중국어 교육 붐이 불고 있다는 소리로 들렸기 때문이다. 중국의 위상이 높아지면서 중국어를 할 경우에 기회가 많아진다고 생각하는 미국 학부모들도 늘고 있는 것 같다. 중국어는 이미 미국에서 스페인어에 이어 거주민이 가장 많이 사용하는 제2외국어로 자리 잡았으며, 초 중 고등학교에서 스페인어, 불어, 독어 다음으로 많이 배우는 언어이다.

우리의 상황도 별반 다르지 않다. 교육업에 종사하고 있는 중국인 친구의 말에 따르면, 미국과 한국이 중국어 교육 열풍이 가장 큰 나라라고 한다. 한국에서도 중국어는 이미 중고등학생들이 가장 많이 선택하는 제2외국어이다. 또한 일찌감치 중국어 교육을 시키자는 학부모들이 늘면서 영어 유치원에서 중국어를 함께 가르치는 곳도 늘고 있다.

중국이 우리에게 중요한 이웃국가이자 GDP가 미국 다음으로 세계 2위인 나라, 14억 인구를 보유한 나라라는 점 등을 감안하면 한국의 자라나는 세대들에게는 중국의 중요성이 계속 커질 것임은 틀림없다. 다음 세대에 더 많은 한국 사람들이 세계를 무대로 삼아 일하기 위해서는 영어와 함께 중국어를 구사하는 능력 또한 더욱 중시될 것임에는 틀림이 없다.

외교부의 인사 만사

어느새 기온이 뚝 떨어지고 아침저녁으로 바람이 제법 차갑다. 그간 장롱 속 깊이 넣어두었던 외투를 꺼내 입어야 하지 않을까 고민을 하며 출근길을 나섰다. 겨울이 오는 문턱의 아침 공기의 청량감은 내게 "또 한 해가 지나간다."는 경종을 울리는 듯하다. 왕년에 신림동 고시생이던 시절의 유산(遺産)일까. 이전엔 국가고시 1차 시험이 보통 2월에 치러지곤 했으니, 10월 문턱을 넘어 부는 찬바람은 이제 시험이 몇 달 남지 않았으니 정신을 차리고 공부하라는 하늘로부터의 메시지 같다.

12월은 외교부 내 인사(人事)의 시즌이다. 한국 외교부의 인사는 고위급인 '고위공무원단'을 제외하고는 2월과 8월, 즉 일년에 상 하반기 두 차례로 나뉘어져 이루어진다. 나는 주우한

총영사관의 영사로서의 임기가 2년이므로 2018년 2월의 인사이동 대상자가 된다. 이에 따라 2017년 11월에 다음 부임지와 관련한 지원서를 제출하고, 12월 말에는 새로운 부임지가 결정 나게 될 것이다.

우리나라 외교관들은 기본적으로 제너럴리스트(generalist)로 키워진다. 본부에서는 어느 과에 근무하든지, 밖에서는 어느 나라에서 근무하든지에 상관없이 맡은 일을 잘 해낼 수 있는 인재들로 양성된다는 뜻이다. 물론 뛰어난 제2외국어 실력을 바탕으로 외교부에 입부하여 스페셜리스트(specialist)인 지역 전문가로 키워지는 사람들도 소수 있다. 그러나 과거 외무고시와 현재의 국립외교원 또는 7급 9급 공공채용을 통하여 외교부에 들어오게 되는 대부분의 인력들은 제너럴리스트이다. 예를 들어 러시아에서 근무하다가 다음번 근무지는 대륙이 바뀌어 중남미 국가로 발령이 나더라도 전혀 놀라운 일이 아니다.

'인사(人事)가 만사(萬事)'라고, 외교부 직원들은 모이기만 하면 인사와 관련된 이야기를 한다는 조소어린 말도 있다. 그런데 그도 그럴 수밖에 없는 것이 외교부 직원들은 서울의 본부뿐만 아니라 전 세계의 150여 개의 공관(official residence)에 뿔뿔이 흩어져서 일하고 있기 때문에 평소에 인사와 관련한 소식에 안테나를 키워두지 않으면 반년 주기로 빠듯이 돌아가는 각 급별의 인사 소식에 깜깜해질 수밖에 없다.

어느 공관에 자리가 날 것인지, 그 공관 분위기는 어떠한지, 공관장은 평이 어떠한지, 어느 나라가 거주하기에 괜찮은지,

물가 수준은 어떠한지 등 평소에 알아두어야 할 정보도 참 많다. 또한 '카더라'고 하는 '복도 통신' 정보들은 실제와 달리 부풀려지거나 왜곡되어진 경우도 많다. 때문에 진실하고 정확한 소식을 입수하기 위해서는 평소의 부단한 개인의 노력이 필요하다는 점도 이해할 만하지 않은가.

주우한 미국 총영사가 주최하는 한 네트워킹 모임에 참석했을 때였다. 미국 총영사관의 경제담당 영사가 내게 오더니 다음 번 근무지가 캄보디아로 결정되었다고 하는 게 아닌가. 나는 곧 우한을 떠난다는 이야기인 줄 알고 작별 인사를 건넸다. 그랬더니 미국 영사는 1년 뒤에야 우한을 떠난다고 하는 게 아닌가. 미국 국무부의 인사 시스템에 따르면 다음 번 근무지를 1년 미리 결정하여 알려준다는 것이었다. 또 캄보디아로 옮긴 후에는 1년간 어학연수를 한 후에 대사관 근무를 시작할 예정이란다. 미국 외교관들은 새로운 외국어를 구사하는 지역으로 파견을 받게 되면 우선 1년간 어학연수를 받으면서 언어와 문화를 익히는 기회가 주어진다고 한다.

미국 외교관의 경우에도 지역을 가리지 않고 세계 어디나 파견될 수 있는 것으로 보아 꽤나 제너럴리스트(generalist)를 양성하는 시스템으로 보인다. 다만, 총무(management), 영사(consular), 정무/경제(political/economic), 홍보(public affairs), 비자(visa) 등과 같은 직렬로 전문 분야가 나뉘어져 있다. 국무부의 채용 시험에 응시할 때부터 희망하는 직렬에 지원을 하여 직렬별로 커리어를 쌓아나가는 식이다. 전략적으로 경쟁률이 낮은 직렬로 국무부에 들어간 다음 몇 년간 일하면서 다른 직렬로 옮겼다는 한 미국 외교관 친구는 중간에 직렬 변경이 어렵지만 가능하다고 했다.

참 부러운 것이 미국 외교관들은 새로운 근무지에 부임하기에 앞서 1년이라는 충분한 준비 기간을 갖는다는 점이다. 우리나라 외교관들의 경우 인사가 결정된 후 부임지로의 이동까지는 불과 1~2개월이라는 초단기에 이루어진다. 1~2개월 내에 이사 채비를 완료해서 비행기를 타야 하는 수준인 것이다. 미국의 1년이라는 준비 기간은 자녀들의 진학 계획을 세우거나 가사 정리를 하는 데 있어 훨씬 더 '인간적인' 처우라는 생각이 든다.

나는 인사이동을 앞둔 시기에 운 좋게도 서울 본부 출장 기회가 생겼다. 외교부 본부 건물에서 회의가 개최되는 것이니 중간 쉬는 시간에 잠시나마 인사과를 방문해서 면담 기회를 갖는 것이 가능한 것이다. 사실 인사과는 외교부에서 10년 넘게 근무를 했어도 참 발길이 쉽게 떨어지지 않는 곳이다. 왠지 '인사'라는 말만 들어도 편치 않다. 한 번의 인사로 인해 파견 나가는 대륙이 바뀌고, 인생 진로가 바뀔 수도 있다. 이러한 중대한 문제 앞에서 어떻게 하면 인사에 조금이라도 나의 희망을 반영할 수 있을까. 혹여 어렵게 찾아간 인사과측의 사무적인 응대에 맘을 상하지나 않을까 등 온갖 걱정이 밀려왔다.

그래도 본부 출장 기회를 잘 활용해야 한다는 생각이었다. 해외에서 근무 중인 모든 외교부 직원들이 본부 출장 기회를 갖는 것도 아닐 테다! 인사 담당자와 직접 면담을 통해 금번 인사판의 분위기를 파악해 두는 것만으로도 분명 의미 있는 일이다.

외교부 인사는 인사과에서 근무하고 있는 동료 외교관 직원들에 의해 이루어진다. 아직까지 인사과에 근무해 본 적이 없는 나로서는 잘 알지 못하지만 인사과 직원들 또한 나름의 애로가 있을 것이다. 우선은 인사과 인력이 많지 않은데 일 년 내내 외교부 인사를 담당해야 하니 격무에 시달린다. 직원들의 인사를 나름 성심껏 신경 써서 챙겨준다고 해도 동료들로부터 불만의 피드백만 듣기 일쑤일 것이다. 또한 주위에서 인사 결과의 공정성과 관련한 많은 평가가 난무할 것이며 때로는 모처에서 인사 관련 압력이나 청탁이 접수되어 처리하기 곤란한 일이 발생할 지도 모를 일이다.

그러나 일반 직원의 입장에서는 좀 더 투명하고 공정하게 인사 결정 프로세스가 진행되고 인사 관련 정보들이 보다 폭넓게 공유되기를 희망한다. 본인 의사가 100% 반영이 되면야 좋겠지만, 인사라는 게 꼭 그렇게 자기 뜻대로만 되지 않는다는 점을 많은 직원들은 이해하고 있다고 생각한다. 그런데 자신의 의사가 잘 피력되고 고려된 후에 원하지 않는 결과가 나오지 않은 경우와 자신의 의사가 적절한 고려조차 받지 못했다고 느꼈을 때 당사지가 느끼는 바는 매우 다를 것이다.

가장 이상적인 인사 결과는 인사 담당자와 허심탄회하게 의사소통을 하면서 '조정'이 가능할 때 이루어지는 게 아닌가 싶다. 인사와 관련된 다양한 선호와 의견들이 있고 이를 반영하는 것은 영원한 인사과의 과제일 테지만, 외부 인사 전문가들의 영입과 같은 보다 전문화된 인사 시스템 구축과 각 직원들의 개별 의견이 더욱 존중받는 열린 커뮤니케이션을 기대해 본다. 이와 더불어 다음 번 해외 근무지가 결정되고 실제로 파견되기까지의 현재의 2달도 채 되지 않는 기간이 반 년 정도로 늘어나게 되면 좋겠다.

인사과 과장과의 면담은 순조로웠다. 간단히 현재 가족과 떨어져 혼자 지내고 있는 상황에 대한 설명을 한 후에 "지난 2년간은 직접 육아를 하지 못했기 때문에 다음 번 근무지에서는 어떻게 해서든 아이와 함께 지내려 합니다."고 하는데, 나도 모르게 눈물이 또르르 떨어졌다.

사실 아이와 떨어져 지내는 일도 2년쯤 지나자 습관이 되어 버렸다. 마치 마음에 굳은살이 박혔다고나 할까. 처음에 아이와 헤어질 때와 같이 마음이 아리고 눈에 늘 아이의 얼굴이 선한 듯한 상황은 아니었다. 오히려 육아에 대한 책임과 수고스러움 없이 다시 싱글로 돌아간 듯 마냥 우한에서 온갖 자유를 다 누리고 있었다. 아이와의 이별이 일시적인 것이라는 것을 알기에 혼자인 시간을 잘 보내다가 아이와 다시 만나게 되면 그간 하지 못한 육아에 더 힘쓰겠다고 다짐하며 지냈다. 그런데 잘 알지도 못하는 인사과 과장 앞에서 눈물을 다 보인 것이었다.

나보다 먼저 자녀를 낳고 키우며 외교부 생활을 해 온 선배

여성 과장은 나의 돌발적인 눈물에도 당황하지 않고 휴지를 건네며 따뜻한 눈으로 나를 바라봐주었다. 본인은 다행히 홀로 계신 친척분이 있어서 외국 근무 내내 함께 다니며 아이를 봐주었다는 말을 덧붙이며 말이다.

눈물을 뚝뚝 흘리며 엄청난 모성애를 지닌 여성인 냥 코스프레를 하다가도 막상 육아를 며칠 하게 되면 아이의 엄청난 에너지 레벨을 이기지 못해 지치고 아이에게 목소리를 높일지도 모르겠다. 그러면서 자유롭던 우한에서의 단독 부임 시절을 떠올리며 "그때가 좋았네." 하고 넋두리하게 될 지도 모르겠다. 아이를 너무 사랑하지만 스스로 완벽하지 못한 엄마라는 점도 잘 안다.

이 직업을 택한 이상 앞으로 매번 인사이동을 겪을 때마다 나뿐만 아니라 가족, 특히 자녀의 이동과 관련하여 마음 졸임을 겪게 될 것이다. 아이의 학교 정보와 진학 진로가 중요할 것이고, 아이의 친구와 정서적 안정을 걱정하게 될 것이다. 외교관 엄마의 고민과 걱정거리도 여느 일반 엄마들과 별반 다르지 않다. 아이와 관련된 사항은 나의 새로운 이동지의 선택의 고비마다 스스로의 커리어 관리와 동등한, 어쩌면 그보다 더 중요한 결정요소로써 고려될 것이 틀림없다.

굿바이, 우한! 굿바이 차이나!

중국 우한에 온 직후엔 '어떻게 혼자서 2년이란 시간을 보낼까.' 싶었다. 우한생활을 마친 지금은 '2년이 언제 이렇게 금방 지났나.' 싶다. 시간의 속도가 20대 때엔 20km/h로, 30대 때엔 30km/h, 40대 때엔 40km/h로, 50대 때엔 50km/h로 나이가 들어가며 더 빨라진다고 하더니 정말 그러한가 싶다.

생소한 외국에서의 생활은 첫 6개월간은 적응하느라 좀 힘들지만, 일단 적응이 좀 된 후엔 시간이 더 빨리 흐른다. 1년이 되고 나면, '아! 이제 2년 중에 절반이나 보냈구나.' 하며 지내온 날에 비해 남아 있는 날이 더 짧다며 버티게 된다.

얼마 전 중국인 대학 교수와 우한을 떠나는 소감에 대해 이야기하는 도중에 우한에서 근무한 가장 큰 수확이 중국에 대한 보다 전면적인 이해가 가능해진 점을 꼽은 적이 있다. 베이징에서는 중국 정부가 수시로 국가 차원에서 발표하는 여러 정책을 모니터링 했었다면, 지방 근무를 하다보니 이러한 정책들이 어떻게 구체적으로 이행되는지를 관찰할 수 있었다. 그러다보니 중국의 중앙 정부와 지방 정부간의 유기적인 업무 역학 관계에 대해서도 이해가 높아졌다.

아무래도 재외공관 중에서 규모가 가장 크다는 베이징 소재 대사관에 비해 주우한총영사관에는 영사가 몇 명 되지 않는 소규모이다 보니 업무 범위가 광범위하고 다양했다는 장단점이 있었다. 중견 외교관으로서 한중 관계에서 큰 그림을 보는 능력이 좀 더 커진 점이 큰 수확이다. 또 하나, 여러 직원들과 함께 일하면서 소통과 리더십 능력이 늘었기를 바라는 마음이다.

코트라 무역관이나 한국관광공사 지사를 비롯한 현지에 진출한 우리 기관들, 그리고 현지에 진출한 기업들과의 협력 관계가 순조로웠던 점도 감사할 일이다. 베이징에는 워낙 진출해 있는 한국의 공공기관이나 기업들이 많다 보니 일일이 친분 관계를 만들기는 쉽지 않다. 이에 반해, 우한과 같이 한국인의 수가 절대적으로 적은 곳에서는 일단 한국인을 만난다는 것이 무척이나 반가운 일이다.

우한은 중국 내에서도 앞으로 더욱 크게 발전할 도시이다. 중국의 각 성회(省會, 성 정부 소재지)들은 성(省) 전체의 자원들을 집중시켜 흡수하며 발전하는 양상을 보이고 있는데, 우한시는 후베이성 뿐 아니라 주위 중부지역의 여타 성의 자원까지 흡수해 나가면서 중부지역의 중심도시로 성장해 나갈 것으로 예상된다. 그 과정에서 도시의 개방성과 매력 또한 높아져 나갈 것으로 기대된다.

우한에 처음 도착했을 때는 찾아보기 힘들던 24시간 편의점이 우한생활 몇 달 사이에 한두 개씩 보이더니 그 후에는 우후죽순으로 생겨났다. 한번 뭔가 새로운 게 들어오면 무서울 정도로 급속도로 바뀐다. 현지 중국인들은 전통적으로 차를 많이 마시고 커피를 많이 마시지 않아 스타벅스(Starbucks) 외에는 찾아보기 힘들다던 커피 전문점이었는데, 2017년 후반에는 서울과 유사할 정도로 작은 규모의 커피 전문점들이 길가에 여기저기 생기는 게 유행이다.

우한에는 강남 3대 누각 '황학루(黃鶴樓)'를 제외하면 관광을 와서 별로 볼 게 없다는 오명을 씻기 위해 그 사이에 창장 강변에 '즈인하오(知音號)'라는 이름의 과거 민국(民國)시대의 복고풍 분위기를 재현한 유람선 관광 상품도 개발되었다. 유람선에 타면 관객으로서 배우들의 공연을 관람할 뿐 아니라, '관객 소통 연극(interactive theater)'을 통해 마치 함께 공연에 참여하는 듯한 느낌을 갖게 된다. 한 외국인 친구는 중국의 다른 도시에서도 이러한 공연을 본 적이 없다며 가족이나 친구들이 우한 시를 방문한다면 꼭 데려가서 보아야 한다며 극찬을 하였다.

우한시의 랜드 마크인 창장(長江)은 강변을 따라 다리들과 건물들에 라이트닝을 하는 작업이 보강되어 밤이면 도시가 불

중국 우한시의 랜드 마크인 창장(長江)

을 밝혀 더 아름답게 빛나고 있다.

　우한과 같이 호수가 많은 도시도 세계적으로 많지 않을 것이다. 우한시가 호수의 수질을 보다 깨끗이 하고 주변 환경 조성에 관심을 기울이며, 또 호수에서 즐길 수 있는 레저 스포츠를 발달시키면 좋을 것이라 생각한다. 몇몇 호수 주변은 이미 공원이나 산책길을 잘 조성해 놓은 곳도 있고 그러한 경우 주변의 부동산 가격들도 더 비싸다고 한다.

　한 번은 중국인 친구들과 둥후에서 요트를 타게 되었는데, 둥후 요트 클럽이 막 처음으로 문을 연 것이었다. 바람이 세게 불지 않아 파도기 적어 바나에서 타는 요트와 같은 짜릿함은 덜했지만 '드디어 우한시에서도 이러한 수상 레저를 즐길 수 있구나' 하며 즐거운 시간을 가졌던 기억이 난다. 요트와 더불어 카약, 수상 스키 등 레저 스포츠들은 앞으로 더 많은 시민들로부터 호응을 받을 것이라 생각된다.

서울 출장길에 몇 달 만에 어머니와 만나 대화하는 중에 "요새는 '피알(PR) 시대'래."라고 엄마가 말씀하셨다. 나는 어리둥절한 표정으로 엄마를 쳐다보았다. 엄마는 다시 "피할 것은 피하고, 알릴 건 알리는 시대래."라고 하셨다. 우리 엄마의 '할매 개그'이다.

부모님은 한국의 전통적인 구세대 분들이신지라 딸이 '외무고시'에 합격한 것이 과거 급제한 것인 마냥 가문의 큰 자랑거리로 여기셨다. 나는 외교관이 세계를 무대로 한국을 알리고 국익을 위해 일하는 사람이라는 개념이었던 반면, 우리 부모님에게 외교관은 국가로부터 녹을 먹고 국민에게 봉사하는 '공무원'이라는 개념이셨다. 외교부 입부 이후 딸에게 늘 청렴할 것을 강조하시며 어디 가더라도 선후배들에게 밥을 사주라며 따로 '품위유지비'의 용돈을 챙겨주시곤 하던 분들이다. 내가 튀기보다는 그냥 무던하게 있는 듯 없는 듯 공직생활을 오랜 기간 해 내기를 바라시는 분들이다.

반면에 나는 외교관도 직업의 하나일 뿐이며 객관적으로 직업의 장단점을 바라보아야 한다는 생각을 하는 '신식' 외교관이다. 연수 시절에도 굳이 자비를 대서 MBA 학위를 추가로 공부하였다. 내가 몸담은 공적인 영역 밖의 더 넓은 사기업들의 세상이 어떠한지 늘 호기심이 넘쳤다. 나는 늘 다양한 분야에서 일하는 사람들과 넓게 교류함으로써 세상의 흐름을 이해하고 지식을 풍부하게 함으로써 이를 활용하여 외교 업무도 더 잘할 수 있다고 믿어 왔다.

외무 공무원으로서의 삶은 늘 바쁘다. 공관에 나가서 바쁘다고 하면 우스갯말로 '최대의 험지'라고 불리는 외교부 본부에서 일하는 동료들은 뭐가 바쁘냐고 타박을 줄지도 모르겠다. 중국은 한국에게 있어 정치와 경제적으로 중요한 국가이며 또 이웃국가이다 보니 한중 관계에는 늘 뉴스거리가 발생하여 별로 조용할 날이 없다. 중국에서 일하는 한국 외교관들은 항시 변화하는 한중 관계에 대비하며 관련 문제들에 대응해 나가느라 정신이 없다. 또한 워낙 빠르게 변화하는 중국 사회를 중국의 속도에 맞추어 관찰하고 분석하고 이해하는 것도 참 쉽지 않은 일이다.

내가 우한에 있었던 2년간 한중 관계가 최고에서 최악으로 바뀌어 버렸다. 중국에 파견 나온 한국 영사(領事)로서 한중 관계가 최고일 때와 최악일 때 각각 업무의 우선순위도, 내가 더 중시해야 할 역할도 다르다.

또한 중국의 변화상과 성장세를 관찰자의 입장에서 지켜보고 있노라면 눈이 팽팽 돌아가고 숨이 가빠져 오는 것 같다. 지난 1980년대의 경제성장률 연 10%에 육박하던 시대의 한국의 변화 속도가 이랬을까. 하루가 지나면 새로운 건물이 지어지고 또 하루가 지나면 새로운 기술이 나타나는 사회 같다. 언제 누가 중국인들을 '만만디'라고 묘사하였던가. 오늘날의 중국 대도시의 생활 리듬은 어느 세계 대도시 못지않게 빠르다.

나날이 발전하는 중국의 도시 전경

중국 친구들은 대도시에서 적응해 살아가는 게 이만저만의 스트레스가 아니라고 내게 호소하는데, 그들에게 한편 연민을 느끼면서도 그래도 중국 사회가 빠르게 발전하니 너희들이 그만큼 많은 풍요와 기회를 누리는 게 아니냐며 부러운 눈으로 보게 되는 게 사실이다.

현재 중국의 위상은 내가 중국에 처음 왔던 2008년도의 위상과는 크게 다르다. 2008년도에만 하더라도 중국이 앞으로 빠르게 발전할 것이기 때문에 중국어를 배워두면 좋을 것 같고 중국 친구들을 사귀어 두면 훗날 도움이 될 것 같다는 막연한 생각이었다. MBA 과정에서 케이스 스터디를 통해 알리바바(Alibaba), 하이얼(Haier), 텐센트(Tencent) 등 중국 기업들에 대해 공부하면서도 그 기업들이 10년 후 세계적인 기업이 되어 있을 것이라는 생각은 미처 하지 못했다.

오늘날 10대, 20대의 한국 젊은이들의 중국에 대한 인식은 어떠한지, 그들의 인식은 막연한 '이미지'가 아닌 현재의 중국에 대한 정확한 정보와 사실을 바탕으로 하는지 궁금하다. 10년 후 중국은 지금과 얼마나 다른 모습일 것인지, 그때의 한중 관계는 지금의 양국의 위상과는 다른 위상을 바탕으로 새로운 역학관계를 갖게 될 것이다. 세계 2대 강국인 중국의 변화상을 이해하는 것이 한국에게 절체절명의 과제이고, 이를 바탕으로 한중 관계를 끊임없이 정립해 나가는 것은 매우 중요한 일이 되었다.

지난 10년간의 중국의 발전에 대해 많은 관찰을 하였다. 그런데 늘 아쉬웠던 점은 중국에 대해서 일반 한국인들에 비해 많이 알고 있다고 느끼지만 이를 정리한 전문성이 부족한 것 같았고, 또 이런 알고 있는 사실을 우리의 미래의 주역들에게 알려주고 싶은 부분이었다. 중국을 공부하고 중국에서 오래 생활한 사람들이야 말로 한국의 젊은이들에게 중국에서 일어나고 있는 변화에 대한 이해를 정확히 하여 중국에 대한 인식을 변화시켜 나가도록 도와주는 사명을 갖고 있는 것이 아닐까라는 생각을 여러 번 하였다. 한국이 이웃국가의 발전상에 대해 정확히 인식함으로써 스스로를 더욱 채찍질해 발전시켜 나가고, 또 다른 한편으로는 중국에서 가능한 한 많은 기회를 잡아 나가기를 간절히 바라는 마음이다.

가깝게 지내는 미국 영사와 '외교관이라는 직업의 전문성은 무엇이며 엣지(edge)를 발휘할 수 있는 분야가 무엇일까'란 주제로 대화를 나눈 적이 있다. 우리의 결론은 상충하는 이익들 사이에서 접점을 찾아 낼 수 있는 유연성, 문화적 차이를 이해하고 다른 문화에도 녹아내릴 수 있는 능력, 그리고 이를 바탕으로 한 제3자와 또는 3자들 간의 효과적인 커뮤니케이션을 유도하는 기술이었다.

나는 과연 어떠한 외교관이 되려 하는가. 뛰어난 동료 외교관들이 많아서 나는 어디 명함이라도 내밀까 싶지만서도, 나는 시대의 흐름을 부단히 관찰하고 이를 외교에 접목시켜 국익을 높일 수 있는 외교관이 되기를 희망하며, 이러한 분야에서 우리 외교에 기여를 하면 보람 있겠다 싶다.

외교관이라는 직업이 나에게 주었던 많은 기회들에 대해 감사하게 생각한다. 외교관은 계속해서 생각하고 공부하고 스스로를 발전할 수 있게 해주는 멋진 직업이다. 무엇보다 이웃나라인 중국을 보다 깊이 이해할 수 있었던 시간에 대해 값지게 생각한다.

외교관이 되는 법

외교관 선발시험은 크게 5등급 외무공무원 공채시험(5급 상당)과 3등급 외무공무원 공채시험(7급 상당)으로 구분된다.

먼저, 5등급 외무공무원 공채시험(외교관 후보자 선발시험)은 기존의 외무고시를 대체하는 시험으로서 공직적격성평가(PSAT), 전공평가 및 학제통합 논술시험, 면접 등 세 단계로 진행된다.

외교관 후보자로 선발되면 국립외교원에서 1년간 교육을 받은 후, 외무공무원이 되길 희망하는 사람 중에서 통합 교육 성적이 우수한 후보자가 5등급 외무공무원으로 임용된다.

3등급 외무공무원 공채시험은 필기시험(객관식), 면접 등 두 단계로 진행된다. 필기시험 과목은 필수 6과목(국어, 영어, 한국사, 헌법, 국제정치학, 국제법)과 선택 1과목(독어, 불어, 러시아어, 중국어, 일어, 스페인어 중 1과목)이며, 시험에 최종 합격한 사람은 3등급 외무공무원으로 임용된다.

이외에도 특수 언어, 법률 등 특정 전문 분야에 대해서는 그 분야에 일정한 경력을 갖춘 전문가를 대상으로 경력경쟁채용시험을 실시한다.

주중 외교관이 경험한
차이나는 중국 이야기

초판 1쇄 발행	2018년 10월 16일	
초판 2쇄 발행	2019년 12월 15일	

글쓴이	정수현

펴낸이	김왕기
주 간	맹한승
편집부	원선화, 이민형, 김한솔
디자인	푸른영토 디자인실

펴낸곳	**(주)푸른영토**	
	주소	경기도 고양시 일산동구 장항동 865 코오롱레이크폴리스1차 A동 908호
	전화	(대표)031-925-2327, 070-7477-0386~9 팩스	031-925-2328
	등록번호	제2005-24호.(2005년 4월 15일)
	홈페이지	www.blueterritory.com
	전자우편	designkwk@me.com

ISBN 979-11-88292-71-4   03810